推薦：本書貴人

等了兩年多，葉羽桐的《貓劍客》終於出第二部，各位讀者應該買來珍藏。

從金漫獎看到他的作品、認識他到現在，這麼多年來，葉羽桐一直是我很欣賞的漫畫家，水墨、逗趣，自成一格。只是以他出版的速度，作為漫畫家實在有點辛苦……，建議葉羽桐在漫畫之外另闢蹊徑，創作大幅藝術作品，相信他一定也會是很好的藝術家。

成為藝術家之後，各位更要好好珍藏他的作品，未來一定價值連城。而且衷心期望葉羽桐可以突破藝術家潛規則，就是……生前藝術品就大賣！

——王偉忠／名製作人

豔華翩翩的水墨漫畫中，玄幻貓劍客踏海遊方，鬪戲人間，闖蕩出一番風雲！葉老師新作帶領讀者走入迢遙江戶，一窺貓妖與鬼怪的宿世情仇，更巧思接連日本一代大畫師的繪心之路，令讀者驚奇連連！

——何敬堯／小說家、《妖怪臺灣》作者

這是想像力的超時空旅行，貓神遇見浮世繪畫神葛飾北齋。《神奈川沖浪裏》牽扯出一場妖怪與人類的愛恨情仇。

藉由花魁這個神祕莫測的角色，才知道原來妖物也有一把道德的尺，夾藏在貴族與百姓的矛盾衝突之中，高手過招彷彿親睹貓界的一代宗師，也見證人性的糾葛與良善的覺知。

——銀色快手／日本妖怪文化研究家

十二生懸命

第一命・貓與畫狂老人

世界上真的有永恆的事物嗎？
花會隨著時間凋零，我留不住任何永恆、任何瞬間……

這是妳畫的？
還真是栩栩如生……畫我吧！畫一張多少銀兩？
不用找了！
坐在這裡就好了嗎？我要看哪邊？把我畫好一點啊。
可以不要動來動去的嗎？
妳不是畫師嗎？動的就畫不好喔？我有給錢唷！

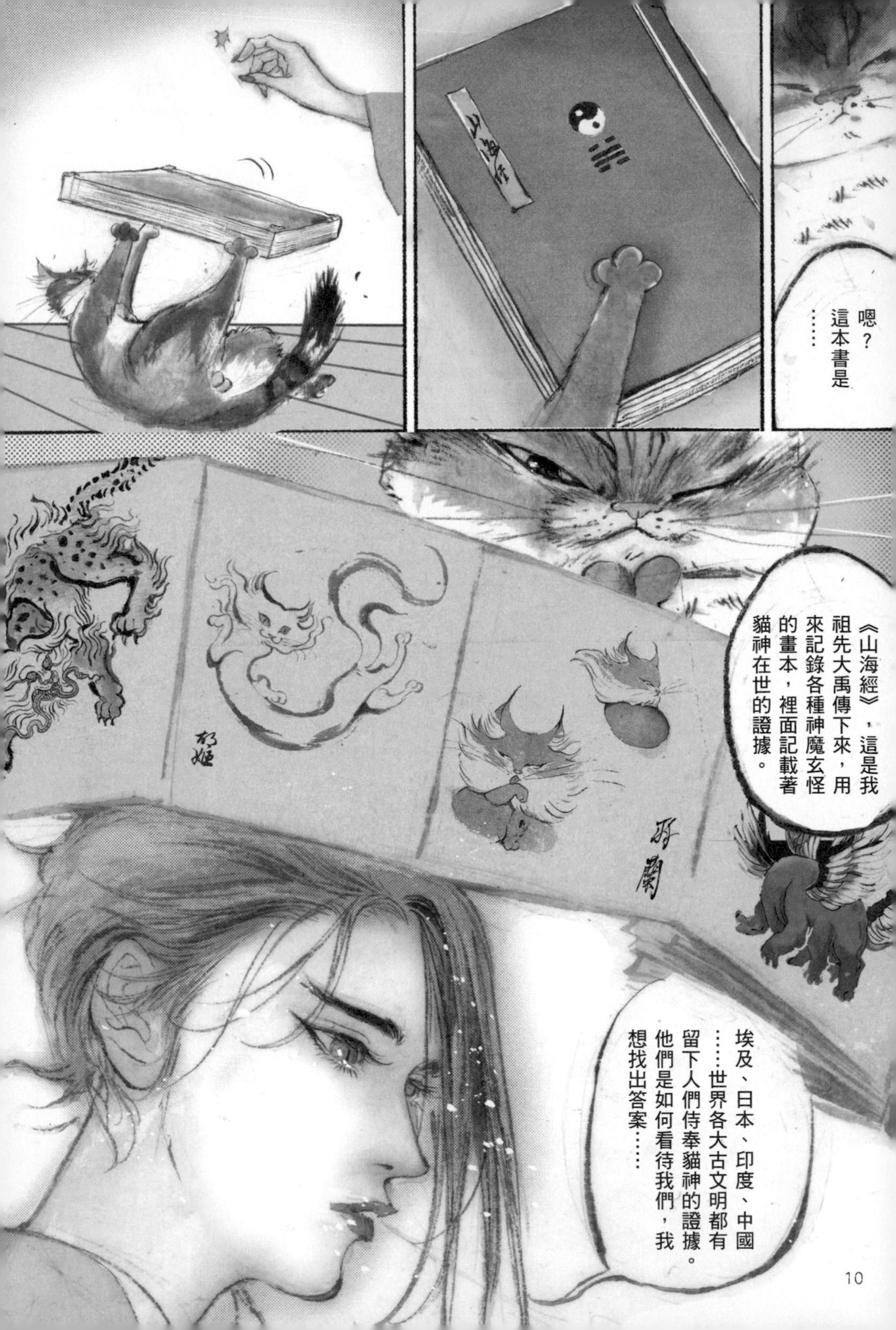

嗯？
這本書是……
《山海經》，這是我祖先大禹傳下來，用來記錄各種神魔玄怪的畫本，裡面記載著貓神在世的證據。
埃及、日本、印度、中國……世界各大古文明都有留下人們侍奉貓神的證據。
他們是如何看待我們，我想找出答案……

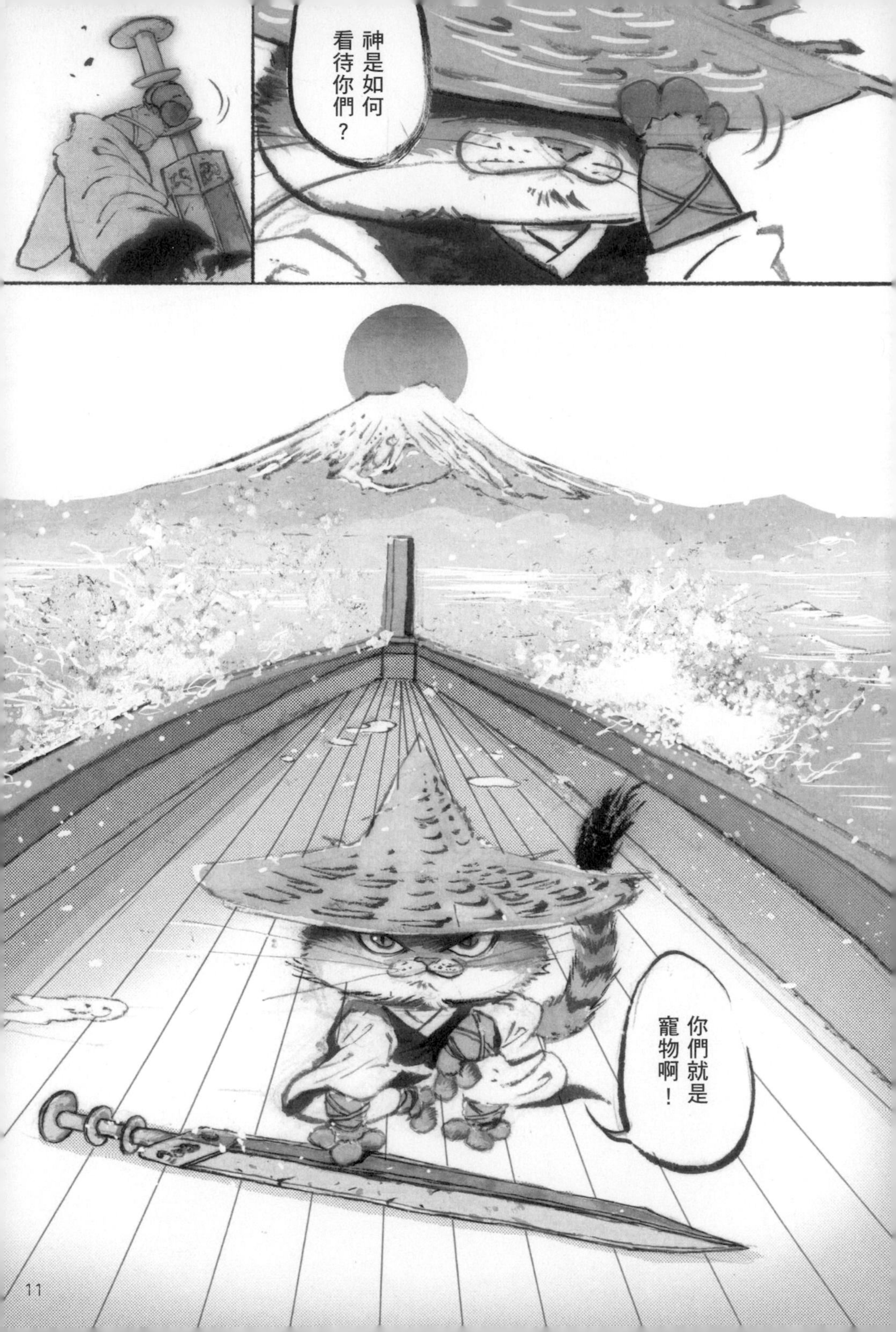
神是如何看待你們？
你們就是寵物啊！

客人！東瀛國快到了！

放開我！
人類！

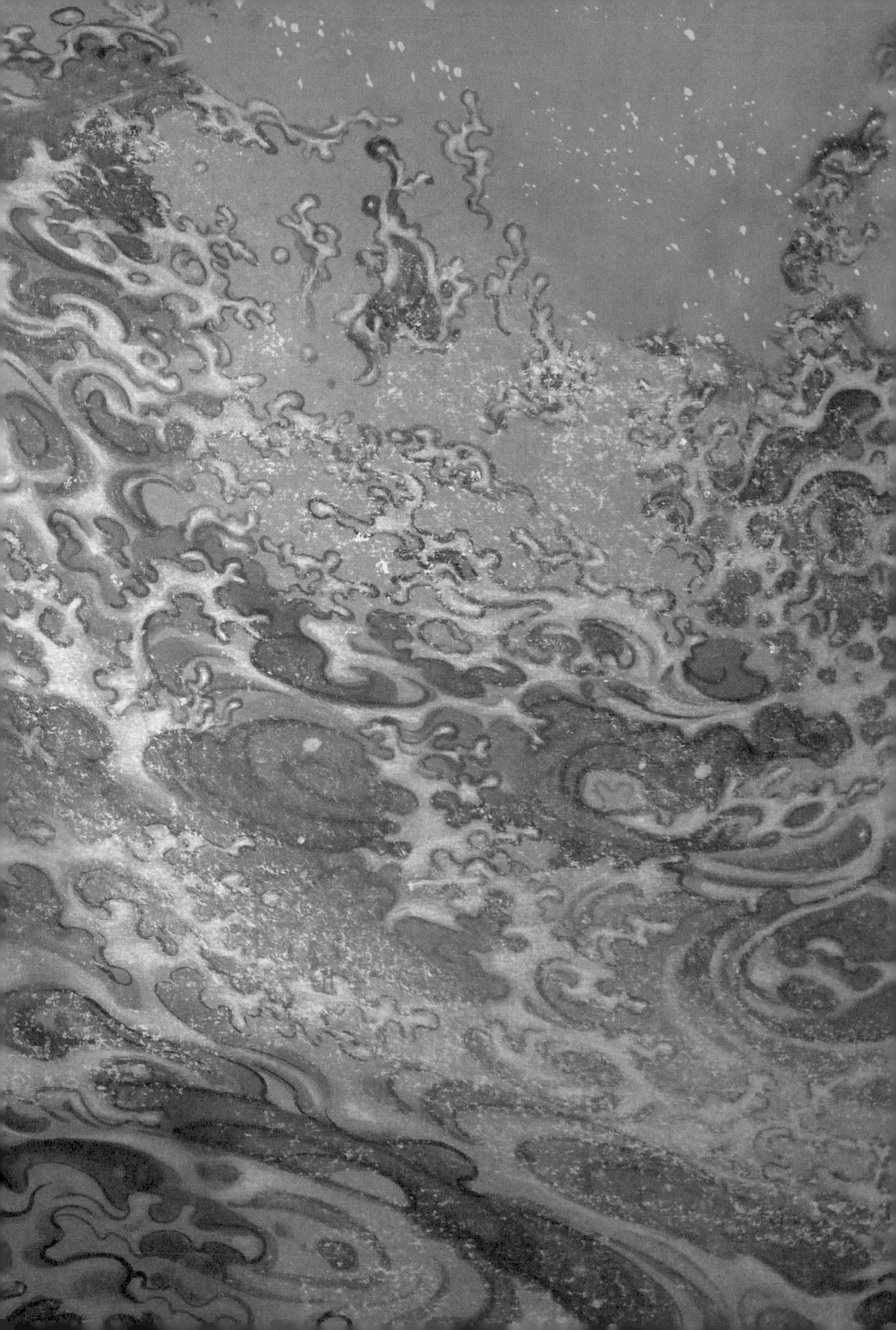

大師！浪真的太大了！這樣下去會翻船的！

畫狂會怕天嗎？
只要能畫出心裡的畫，我連神也不怕！

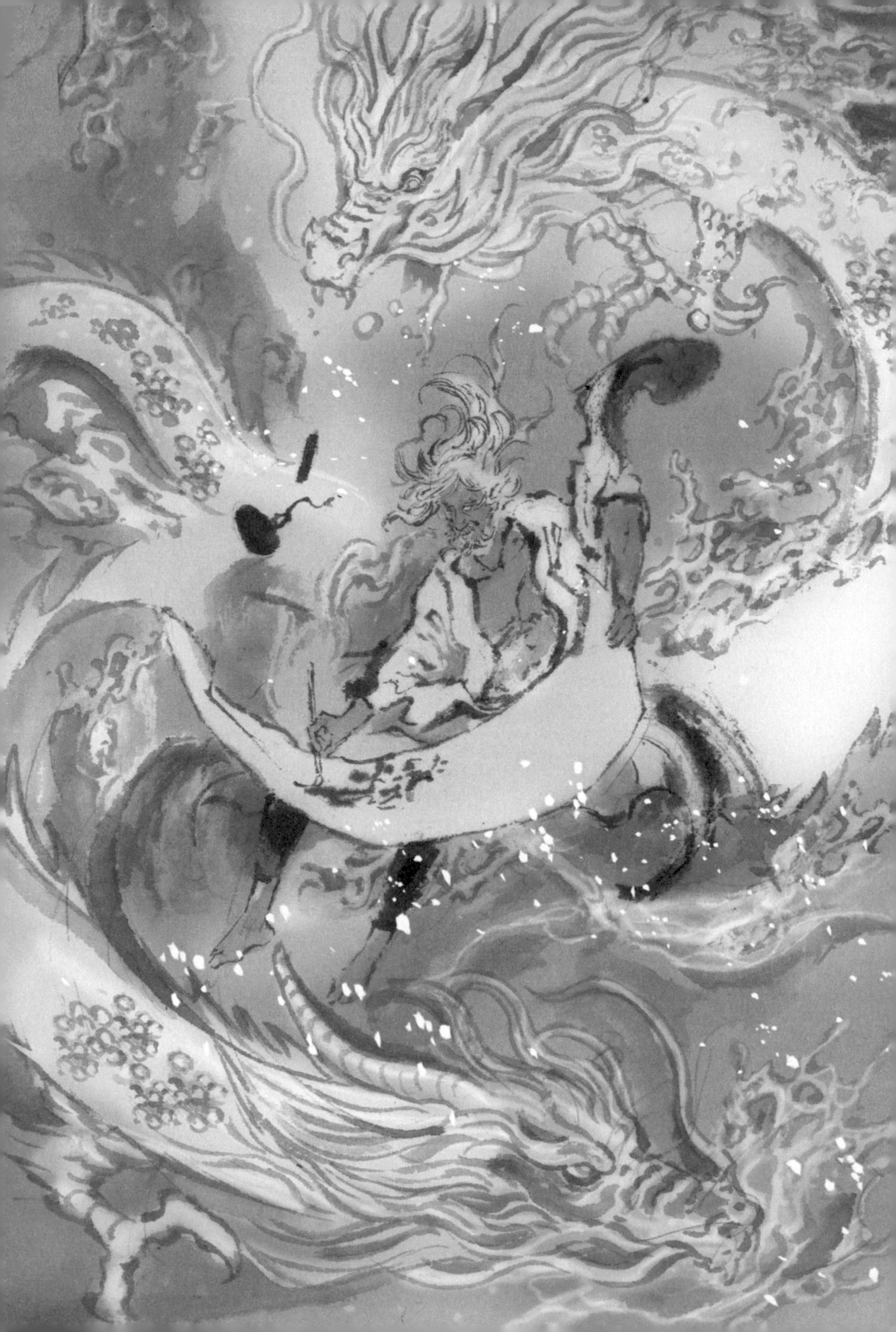

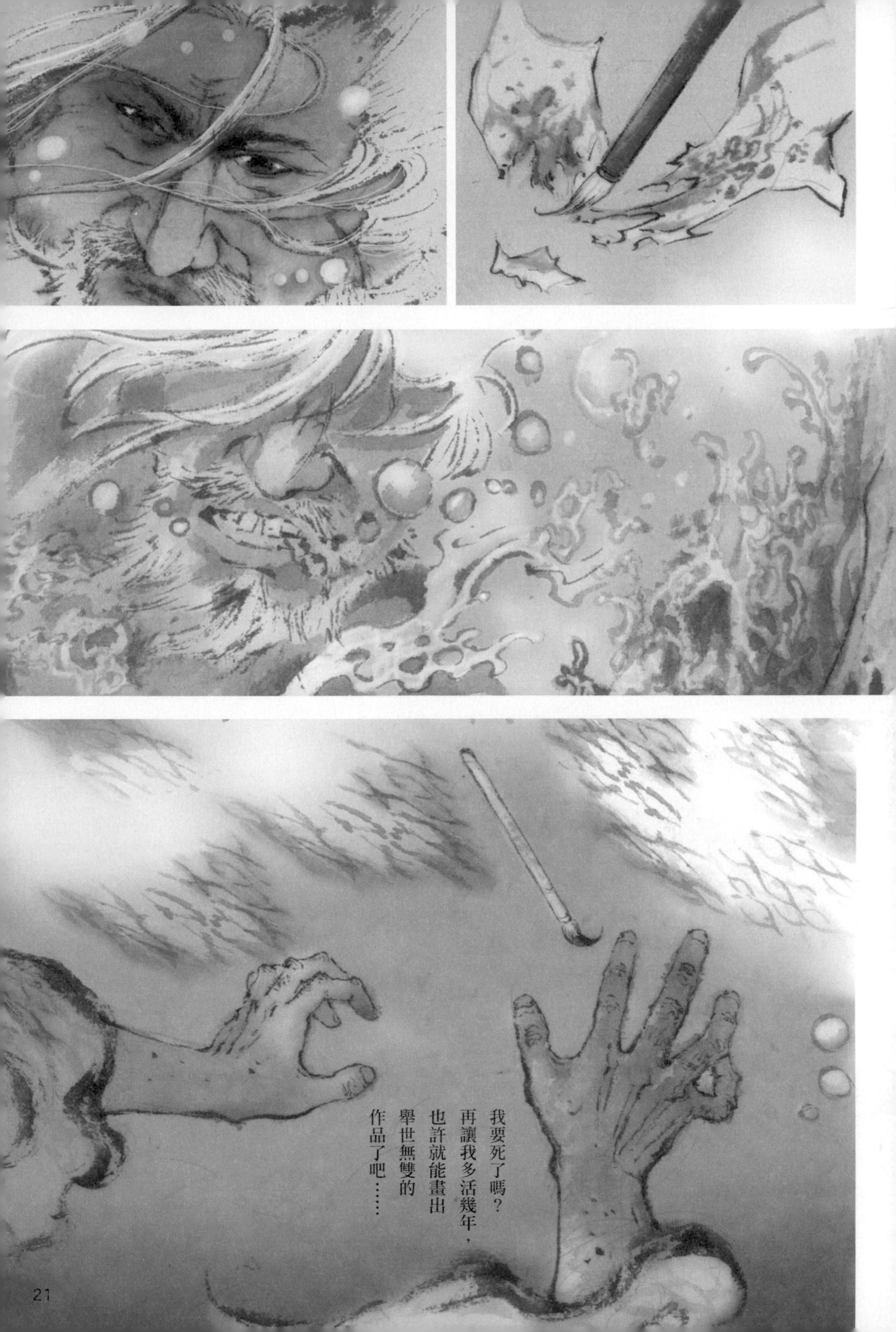
我要死了嗎？
再讓我多活幾年，
也許就能畫出
舉世無雙的
作品了吧……

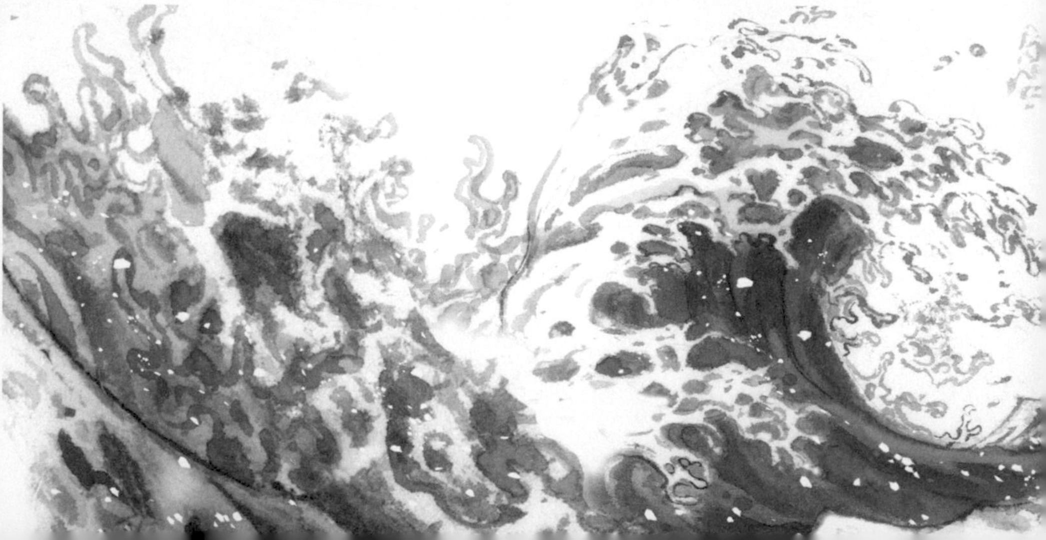

啊你醒了。
正要問你這是哪裡？
哇！貓說話了！貓又！
貓又？不…在下貓劍客布布……

你別動！
黃金比例…必須把牠畫下來！
等等！我的紙和筆呢？
都被浪沖走了。
什麼！我的畫稿!!
布布你去哪裡了？

呵呵呵
沒關係。
我已經用雙眼看過了，全部都記載在我的雙眼裡了！

這些都是妳的作品？
真是有趣的畫啊！和日本記載的妖怪似乎有所不同。
妳的靈感都從哪來？
多謝您的讚賞。小女子名為衛羽蘭，是清國來的畫師。這畫冊是記載著神怪的《山海經》。
數千年來，我一直持續畫著這本《山海經》，並將年幼身處戰爭的恐懼化為靈感來源，以繼承祖先的遺志……

祂是貓神布布，我們正結伴尋找「類族之神」的線索。
類族之神？我沒聽過這個神明。
你們要找祂做什麼？

我想知道我是誰。
據說，我是一個叫「類」的貓神種族，
創造我的神……我想見祂一面。

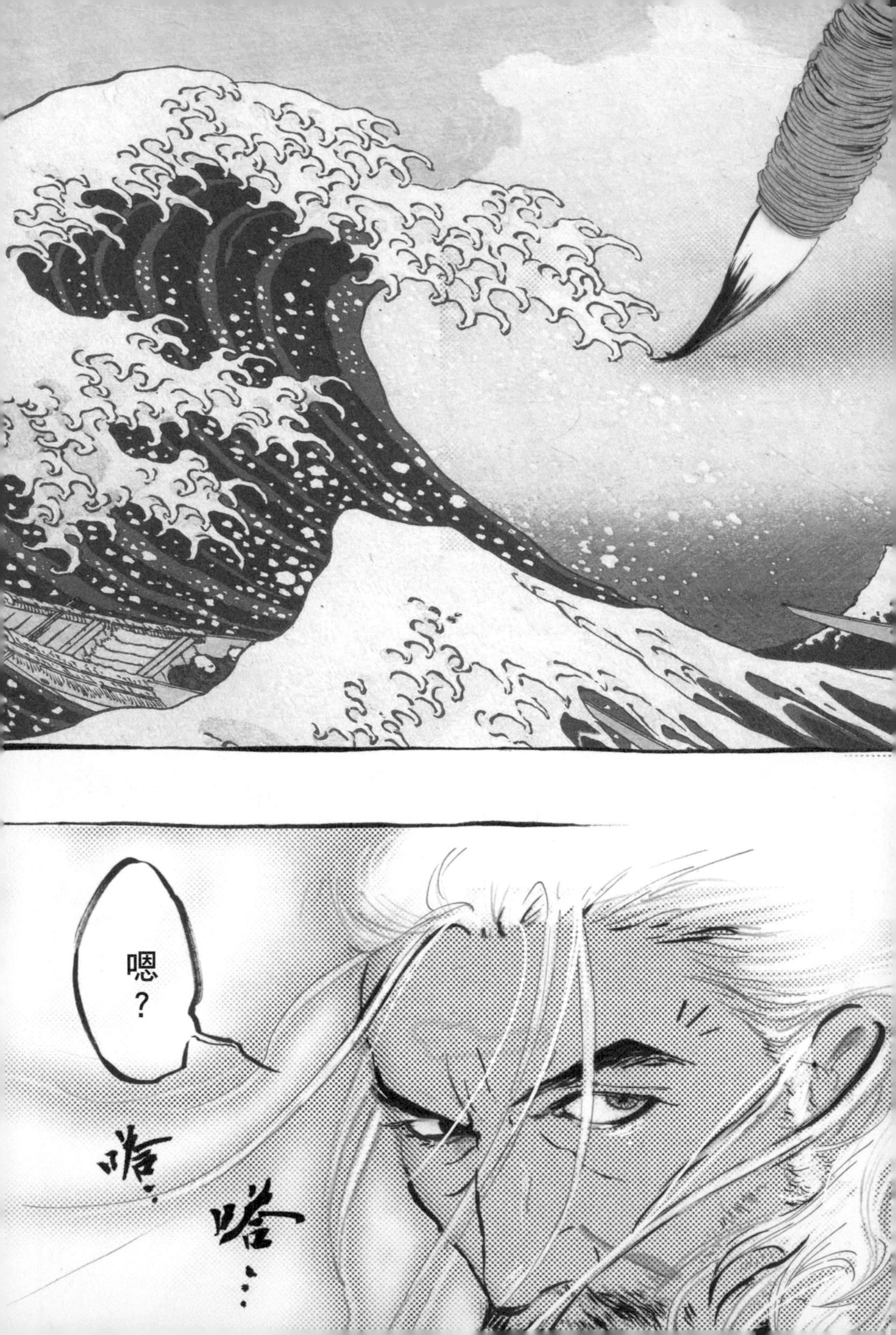
嗯？
哈、
哈……

喀……
喀……
阿榮！妳又跑去花柳街寫生了對不對？

沒……才沒有！我只是去幫爸爸你買用具而已！
這是什麼！

這是什麼？他們在做什麼？
人類的蛋蛋上沒有長毛！
這是人類在交配，這裡是蛋蛋。
不是叫妳不要再畫那些春宮圖了嗎？
不准再畫那些登不上大雅之堂的東西。
淼
而且妳一女兒身，被外人知道成何體統!?

父親，畫自己心之所向的事物，不才是創作的初衷嗎？
蠢女兒！在追求自我之前，能在這個世道下存活才是最重要的！
可是爸爸，您私下不是也畫很多裸女嗎？
比起你畫給貴族的那些千篇一律的作品，阿榮更喜歡你畫的春宮畫！
在客人面前說什麼蠢話……我是男人，男人畫春宮圖很合邏輯！

我們畫家不過是以畫筆維生的匠人，妳應該要畫的是那些能養活自己的畫作！如此一來才能在這個世道立足。
在妳能靠自己養活自己之前，再來跟我說大話。

怎麼不放手讓她試試看呢？
其實我很羨慕妳女兒，能夠堅持自己想畫的東西。

我一直以來都對畫圖這件事感到迷惘，持續畫著《山海經》乃是循著先祖遺命。
在記錄山神妖魔的時光中……
好美的人……把她畫下來……
我不禁反思——藝術究竟是什麼？
……

我在旅行中看到了世界各地的繪畫起源。
人類文明最初畫的東西，是用來記錄生活與那些時代的一切。
難道我僅僅只是在記錄人與事物存在的證據而已？
記錄這些事物有什麼不好，因為我們就身處在其中。

如果有一天，畫畫
不僅僅只是為了收妖、
為了保護別人而畫……
如果有一天，我能夠
創作我想畫的藝術……

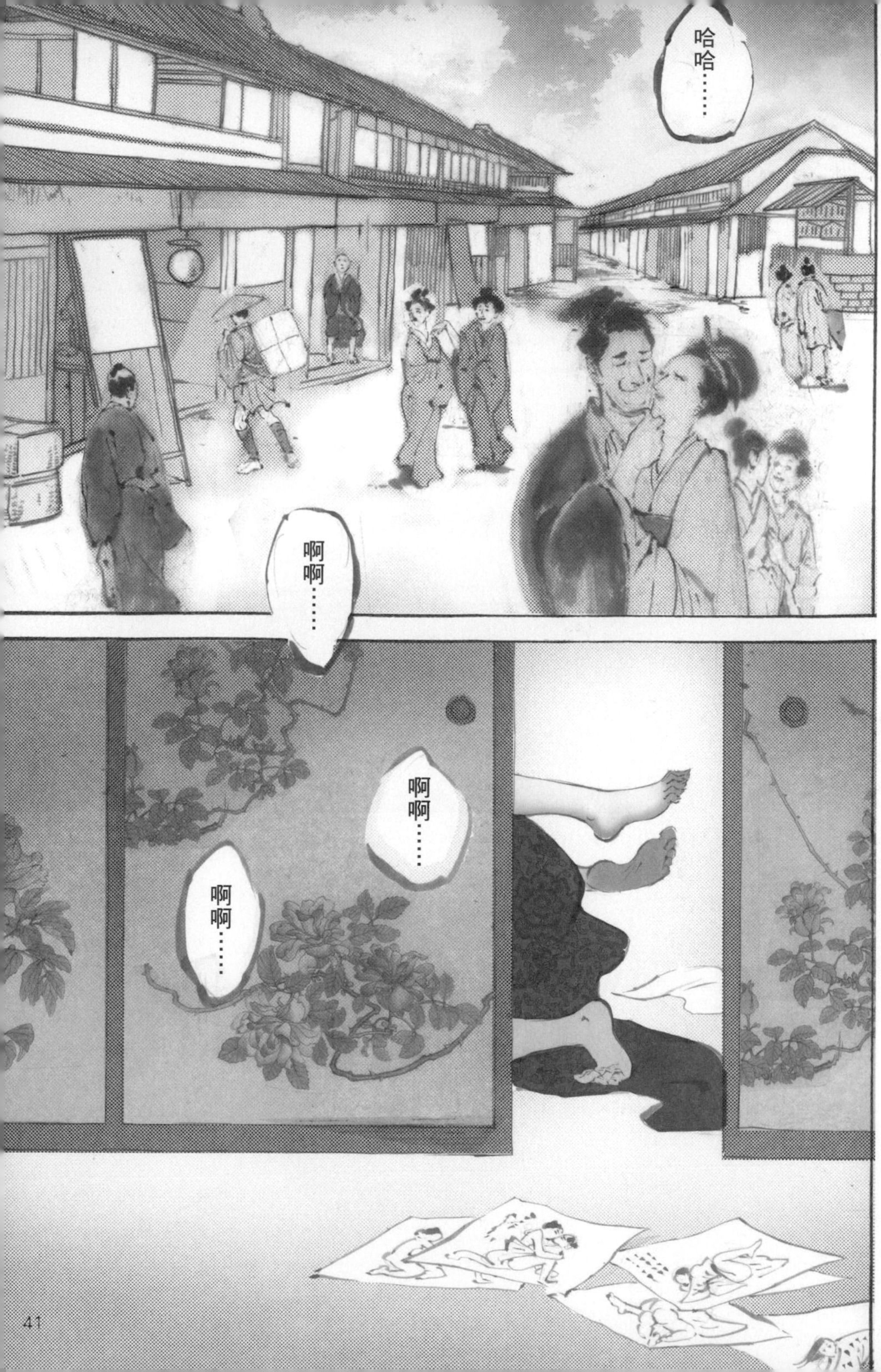
哈哈……
啊啊……
啊啊……
啊啊……

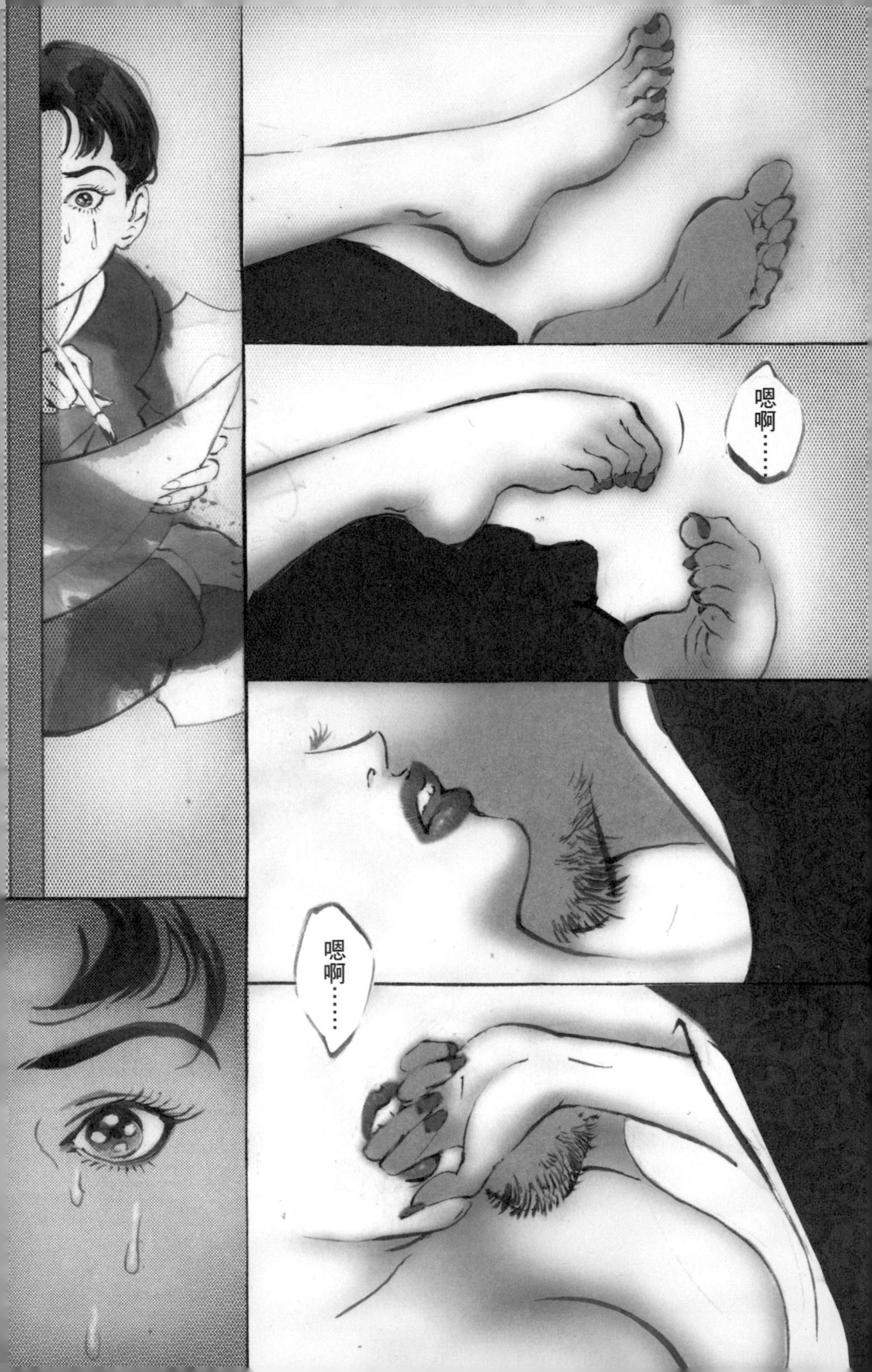
嗯啊……
嗯啊……

嗯啊……
啊嗯啊……
啊嗯啊……
哈哈……
父親為什麼總是不讓我畫自己喜歡的東西，這才是創作的本質啊……

哇啊！
是薄雲，薄雲來了！
薄雲太美了……
薄雲？
什麼！妳居然不知道薄雲!?
不知道……
薄雲是城裡最頂級的藝妓，沒有男人可以配得上她。
據說她身上布滿著菊花的刺青，沒有人看過她的花，因為看過的都死了。

江戶時代，
花街謠傳著武士失蹤慘死的傳說，
失蹤的武士皆為高官，
且都點名了花街最高等的花魁——薄雲。
薄雲總是帶著貓又面具，從不在外露臉，
據說看過她長相的男人，無一不愛上她，
但生命亦將隨之消逝。

貓劍客，綽號布布。
不老不死，揹著巨劍的貓神，
有貓態跟人形兩種型態。

人形

貓態

收妖士大禹打造的
神劍——禹劍。

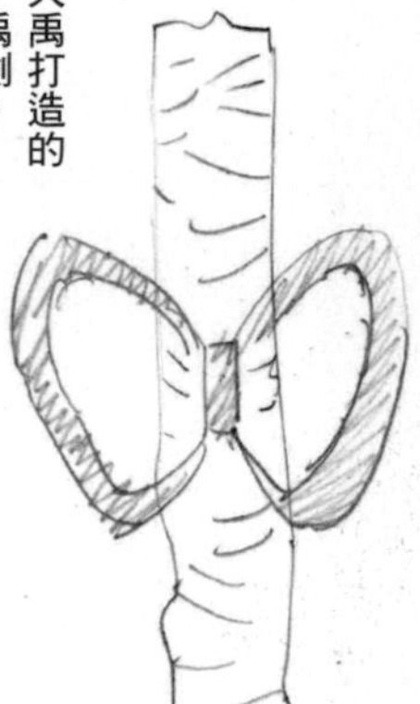

生氣時會
甩蛋蛋示威。

武功：伏魔肉墊掌

金色蛋蛋

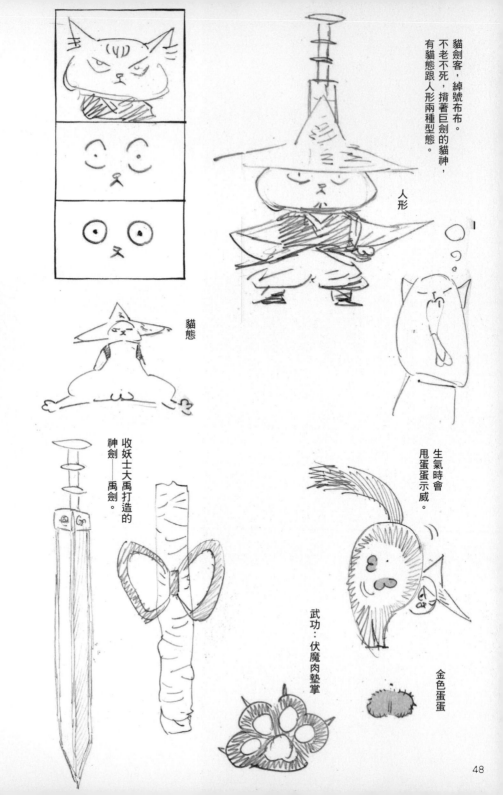

哎呀呀薄雲啊，我找妳好久妳都不出來，是在躲我嗎？
忘れないでと小指をからめ見送ってくれた船著場
※：日文歌詞
第二命・烙印著菊花的罪惡
哼，我花了這麼多的時間跟金錢在妳身上，妳仍然那麼冷漠呢……
這也是男人愛妳的原因吧！

花魁花了極大的時間學習技藝，
書法、茶道、舞蹈、藝術。

才沒有時間
在乎愛呢。

過來！
我花了錢，今天的時間都是本大爺的！

大人這不符合規定，即使您是大名也……
一旁無關的下人，給我退下！
哇啊啊啊啊~~~~~

眼睛閉起來。
不好意思薄雲大人……
快拿下去包紮，傷口感染就不好了！

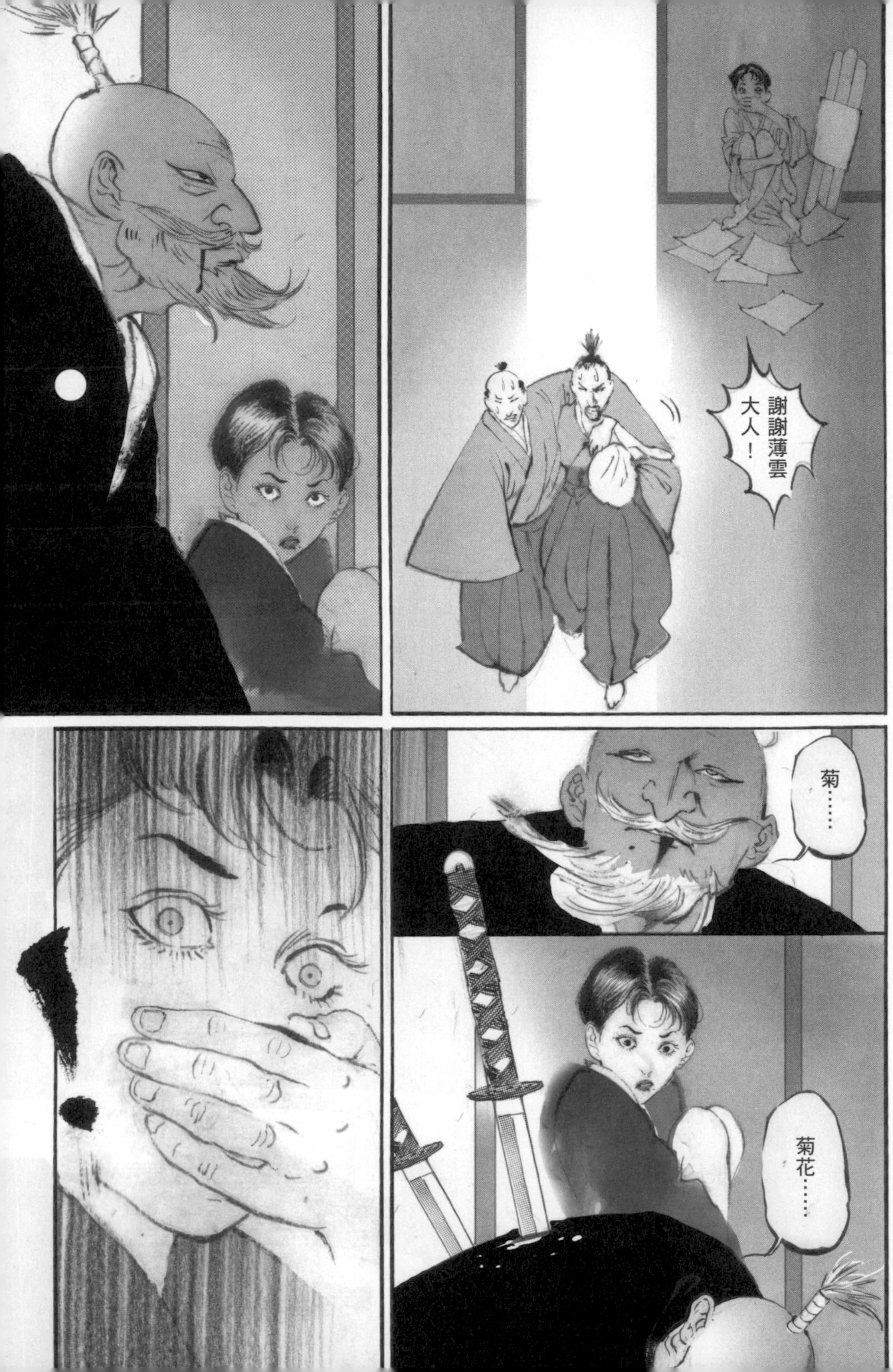
謝謝薄雲大人！
菊……
菊花……

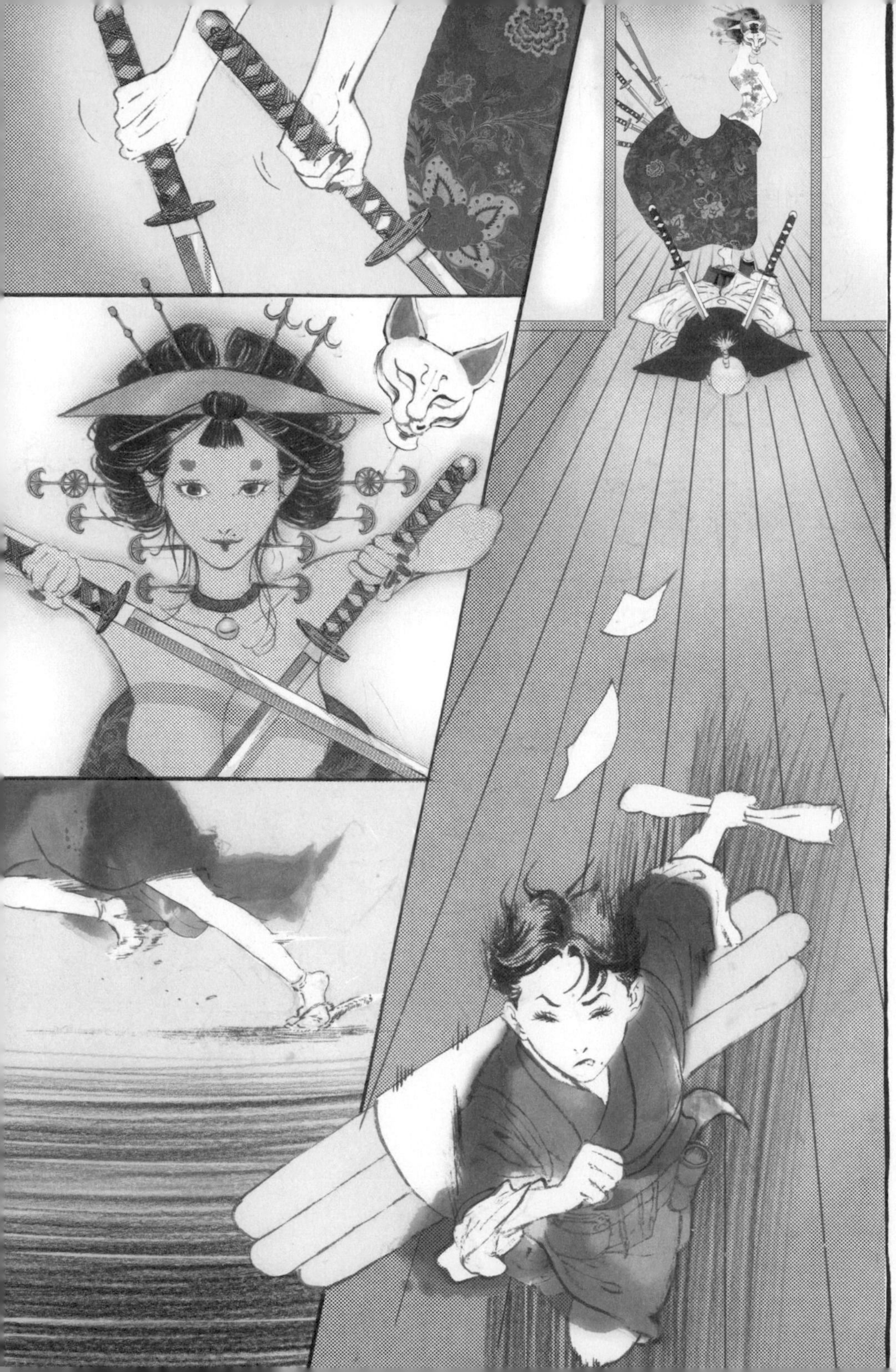

我要死了嗎？再讓我多活幾年……
也許就能畫出舉世無雙的作品吧。
爸！你不要亂講話！

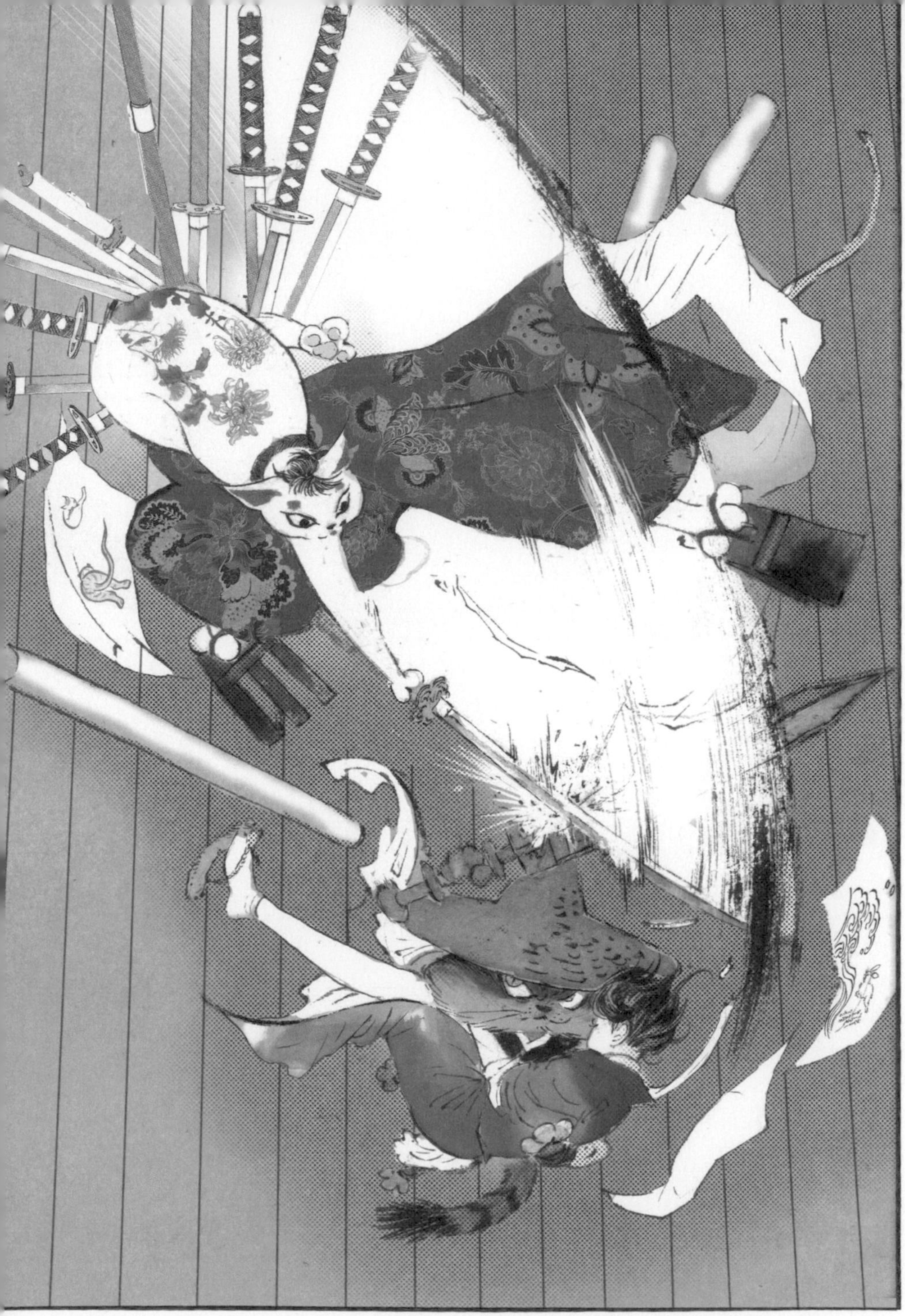

消失了……
不見了！要給製版師傅的畫不見了！

葛飾北齋的《神奈川沖浪裏》！
這是好東西呢，看來能賣出個好價錢。

妳說什麼？《神奈川沖浪裏》被偷了!?這樣我要怎麼跟將軍交代！
要送給天皇的畫居然遺失了！
喵！
又不是我的錯，誰知道會遇到貓又！
妳這野女兒，居然敢打我！

脾氣那麼大跟個男人婆一樣！難怪那麼好的人家要跟妳離婚！
你說什麼！那是他畫得太爛了！又不知長進！這樣的男人我沒辦法跟他在一起！
你管什麼！我的人生自己決定！到底為什麼非要結婚！
沒有兒女妳老了誰要照顧妳？
如果不比我強只是帶個拖油瓶罷了！
妳這樣太自私！
我自私還不是像你！
妳說什麼?!

是誰偷的？有看到犯人的長相嗎？
是一隻有著十二把劍的貓。
遺失的這張圖是要先給雕刻師的原版墨線稿……
若是沒有在今晚前將畫作交出去給雕刻師，就無法如期交給將軍，到時候、到時候恐怕會被斬首……

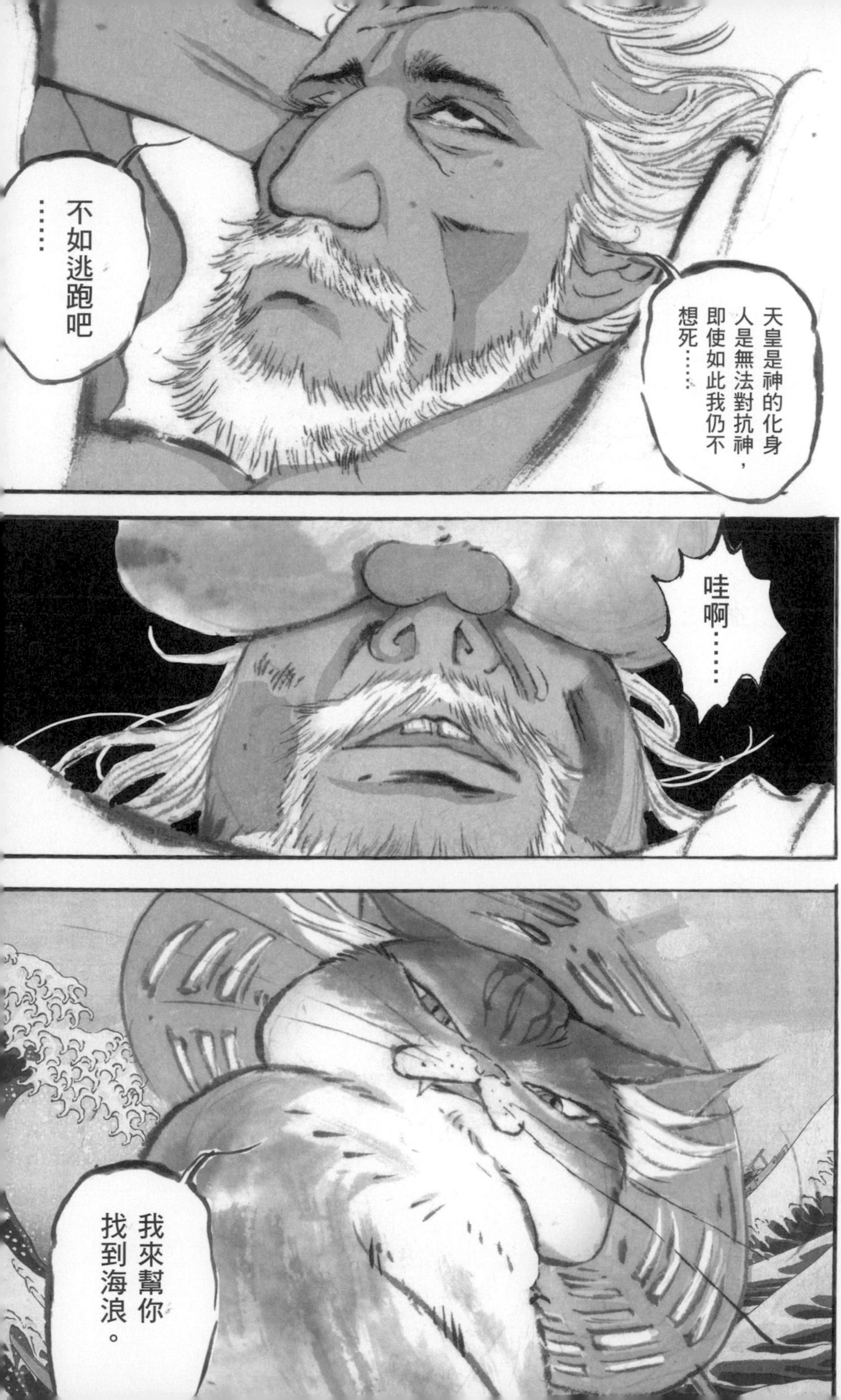
天皇是神的化身人是無法對抗神，即使如此我仍不想死……
不如逃跑吧……
哇啊……
我來幫你找到海浪。

你這幅畫，最後一次畫是什麼時候？
這幅畫一年前開始畫的……今日丑時三刻下最後一筆。
那墨應該還沒乾透。
胡姬。
胡姬因為長時間和畫師在一起，對於畫材的味道特別靈敏，
除了能聞出墨色的濃淡，甚至連墨的種類都能辨別出來。

是紅花籽油燒出來的煙，經過採煙、合膠等等的過程所製成的墨。
好厲害的貓！
到底行不行啊，聞那麼久，你是狗嗎？

薄雲大人……妳又來了。
貓咪！
這是名家送我的墨寶，把這拿去當了，換了的錢平分給村子裡的人吧！

葛飾北齋的真跡!?

薄雲大人，妳每次都給我們那麼多，小的真不知道該如何感謝妳。
謝謝惠顧！

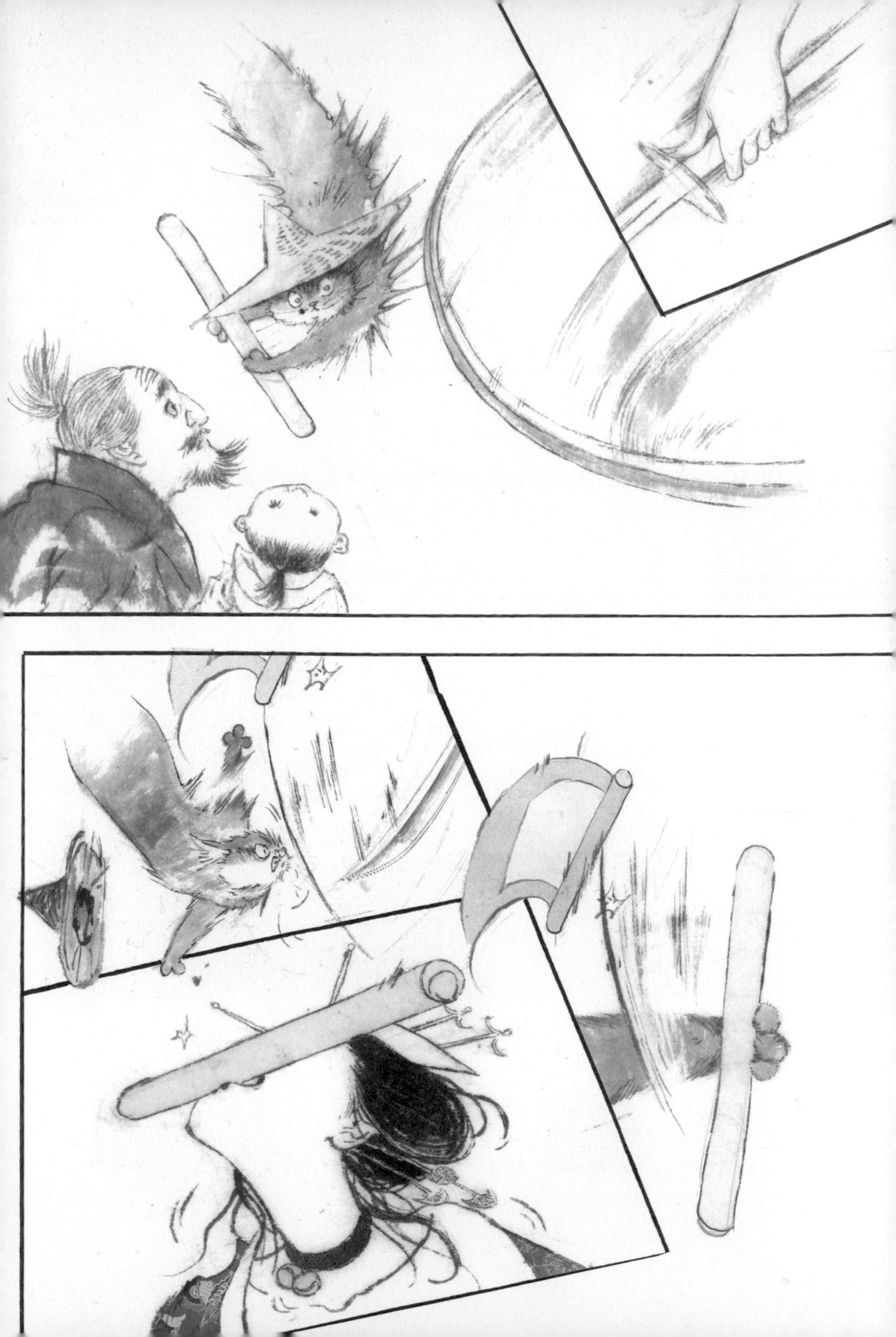

伏魔肉墊掌!!

原因？
拿著劍的貓神……你是自己想拿劍，還是出於什麼原因甘願背負這些？

十二命。數百年來我擊退了無數的妖怪，就是用我的劍尾。
每一條劍尾都是我的一條命，代表每一次都是以性命相搏。
每拔出一條劍尾，我都會經歷一次，刨心剔骨的疼痛。

我曾經在平安時代，將自己的一把劍尾交給一個人類，
那個人的名字，好像叫做源賴光吧……
喀
喀

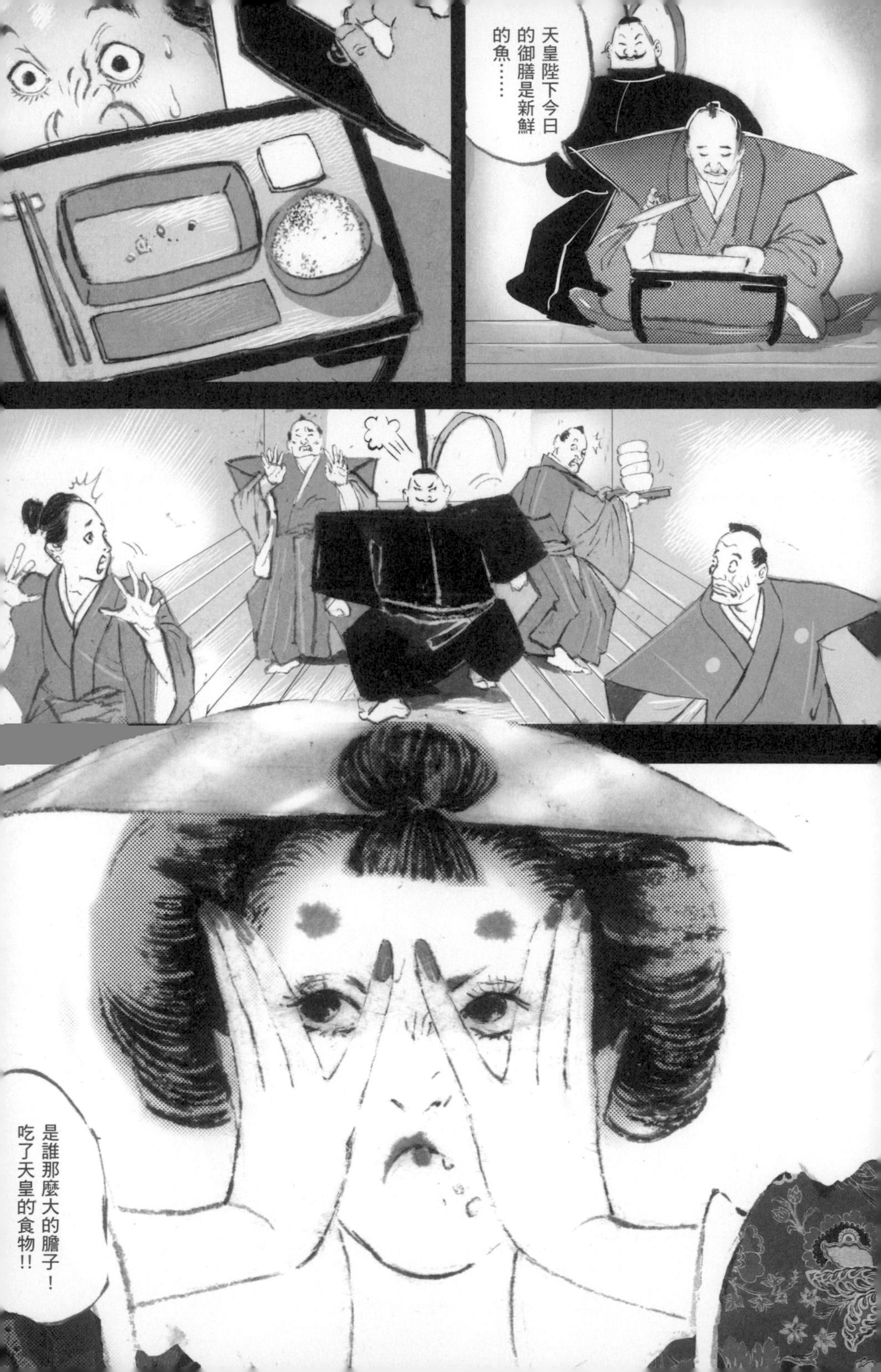

天皇陛下今日的御膳是新鮮的魚……
是誰那麼大的膽子！吃了天皇的食物!!

薄雲，又是妳……妳嘴角沾的是什麼？
我只是試吃，怕陛下中毒罷了。
別以為妳是賴光的愛妾就有資格為所欲為！
什麼！
天皇也只是人類！
即使我不是賴光的妻子，我也一樣可以吃這些食物！
妳想做什麼……！

夠了薄雲！
賴光他欺負我！

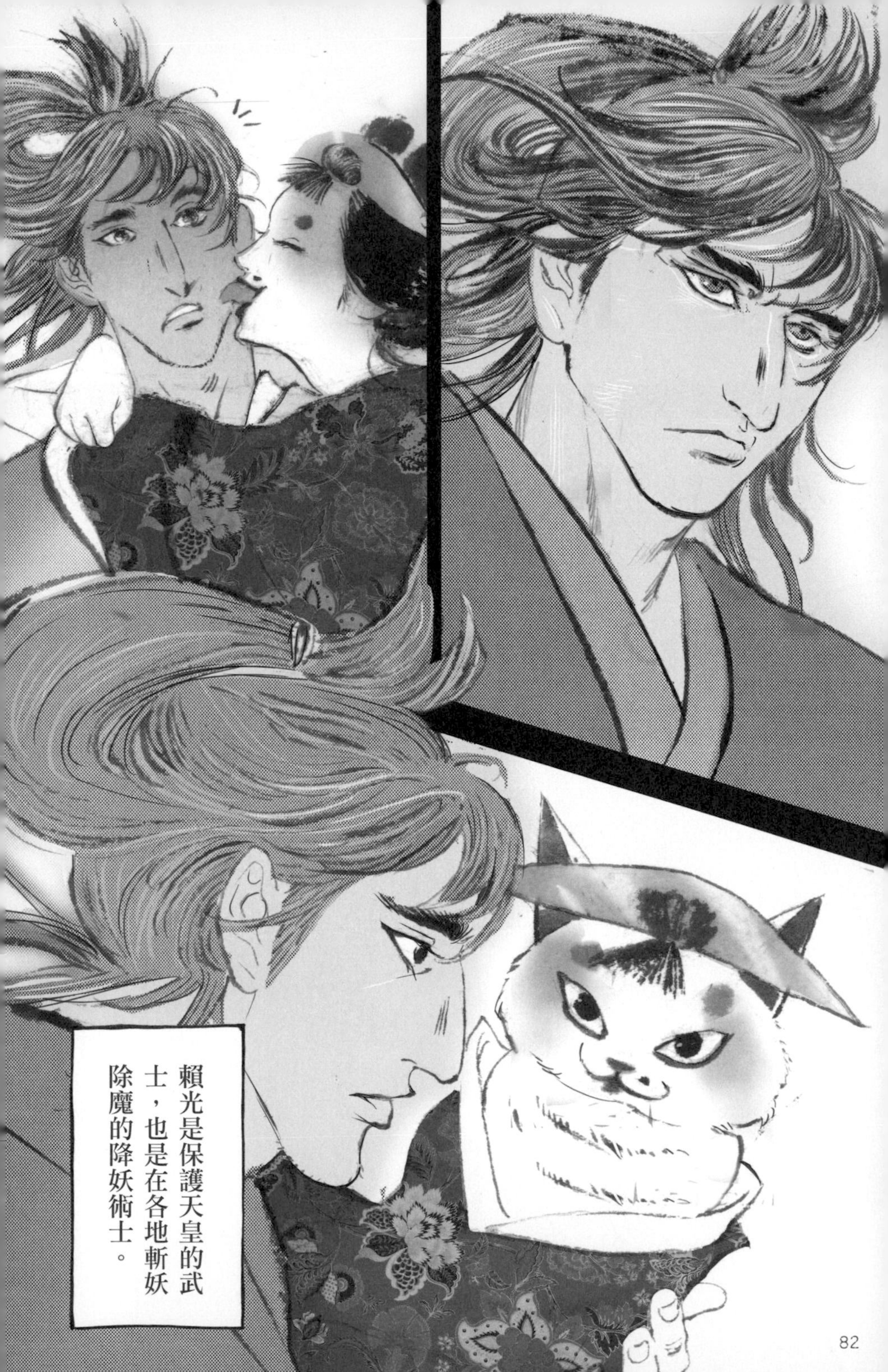
賴光是保護天皇的武士，也是在各地斬妖除魔的降妖術士。

當年我化成花魁，收留在城裡被壓迫的遊女，搶下城中富人的錢，再分送給需要幫助的人民。

便是在此時，
一位武士來到我的面前；
這就是我與源賴光的相遇。

他看重我的劍藝，
於是邀請我，
以他的妾的身分
進入宮中，一邊
保護天皇，一邊
暗中幫助人民。

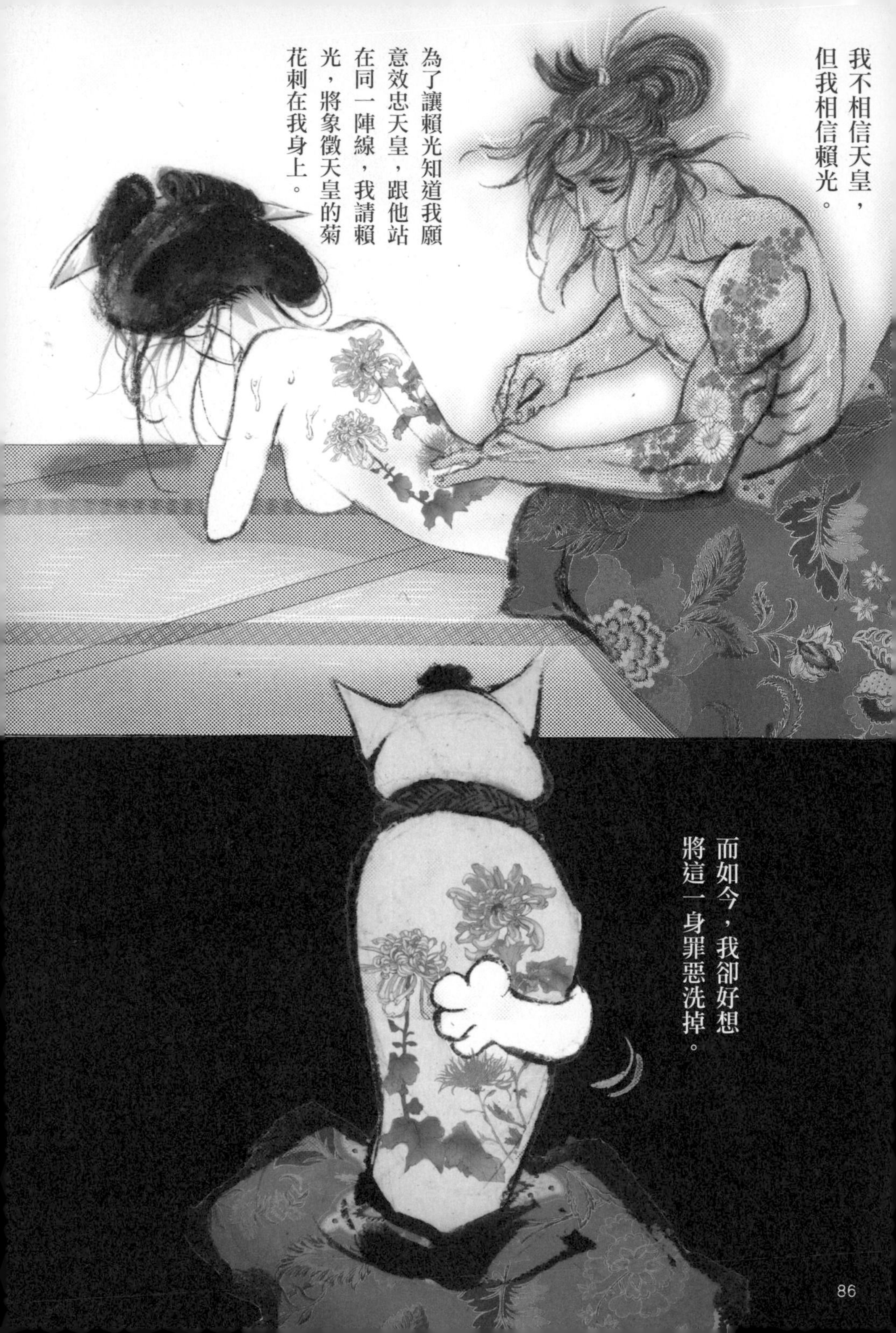
我不相信天皇，但我相信賴光。
為了讓賴光知道我願意效忠天皇，跟他站在同一陣線，我請賴光，將象徵天皇的菊花刺在我身上。
而如今，我卻好想將這一身罪惡洗掉。

賴光放開我！
哼！別以為你送我這個我就是你的人了。
只是因為深入宮中才能由內而外幫助到人民，我才會來這裡。
一直都很美滿，直到那天……

那天天皇被當時在大江山作亂的大妖怪——酒吞童子擄走。全城大亂。
嗚嗚……

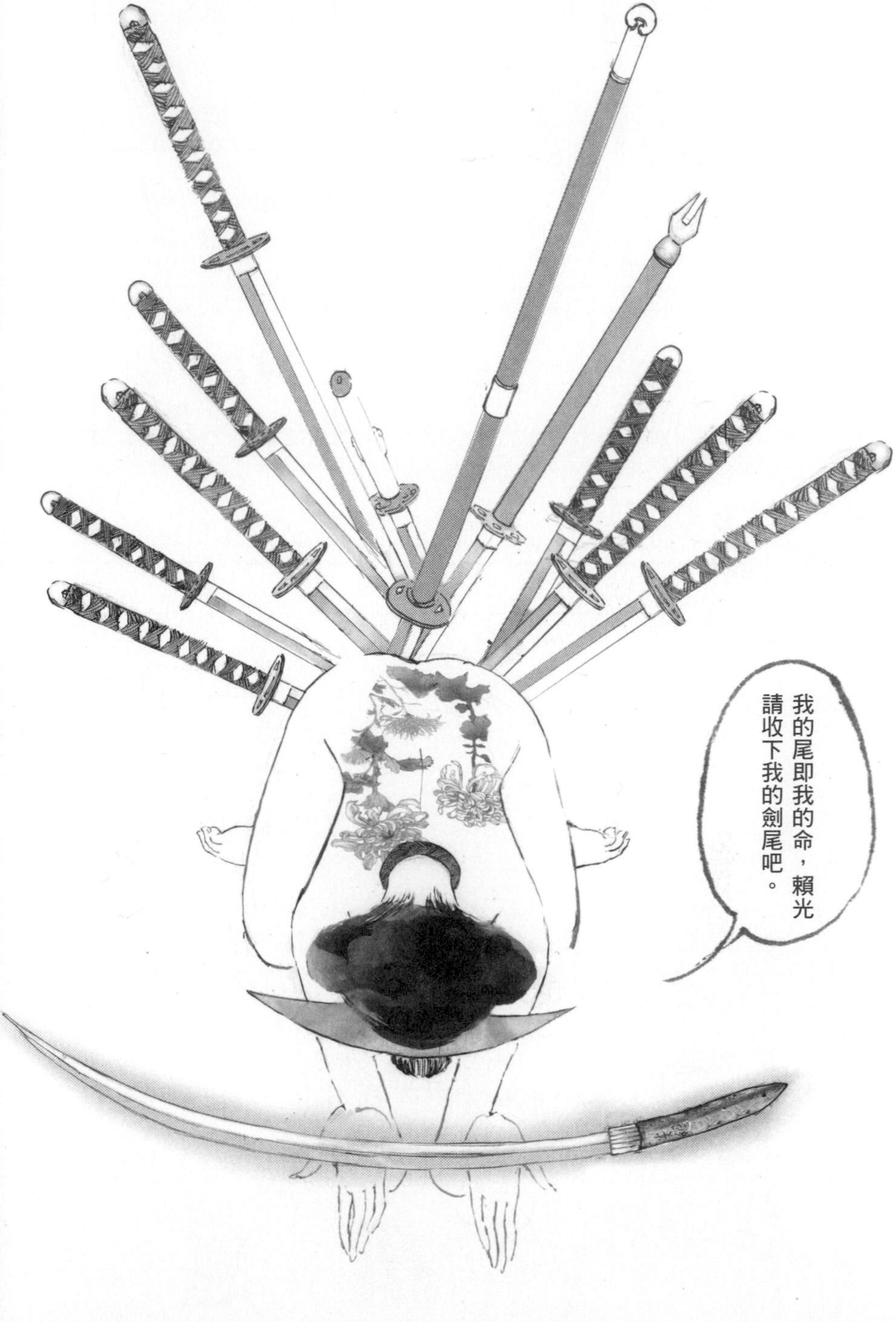
我的尾即我的命，賴光
請收下我的劍尾吧。

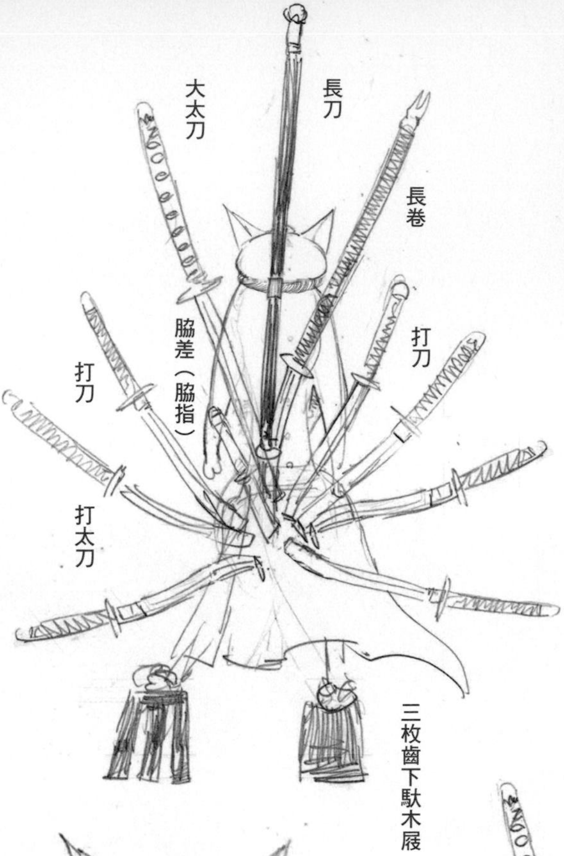

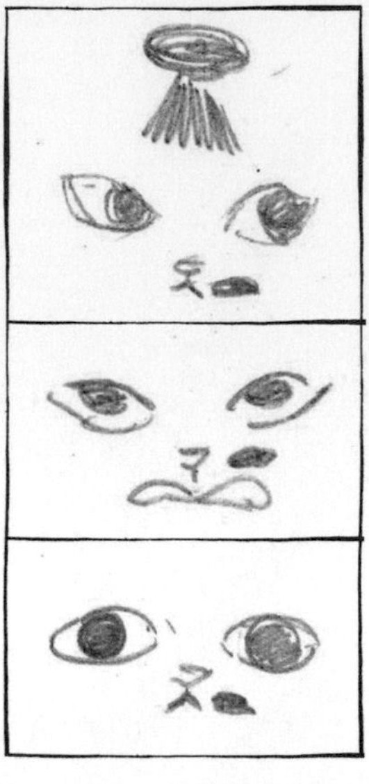

薄雲，平瀏海、嘴角有痣、瞳孔無光。

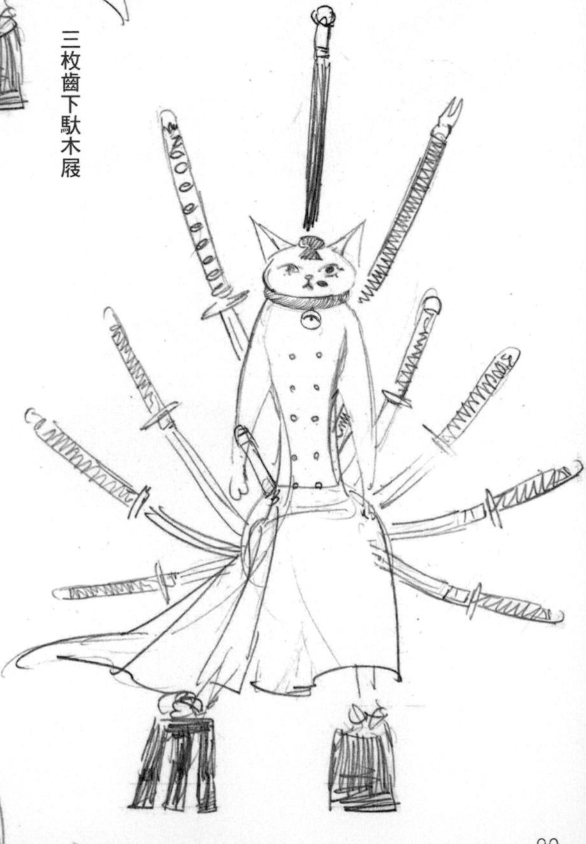

第三命・擁有無限卻留不住永恆
薄雲，這樣真的可以嗎？這是妳很重要的性命。
如果我這一條命能換回你的性命與和平的時代，那又算什麼呢？

你一定要平安回到我身邊。
那時我那麼信任他，最後卻徹底的失望。殺了酒香童子後，天皇暴政，天下資源皆被用於貴族享樂，百姓民不聊生。
薄雲……

人類的意志力不可信，
為了協助天皇，他完全忘記了我……
忘記給他一命的我……

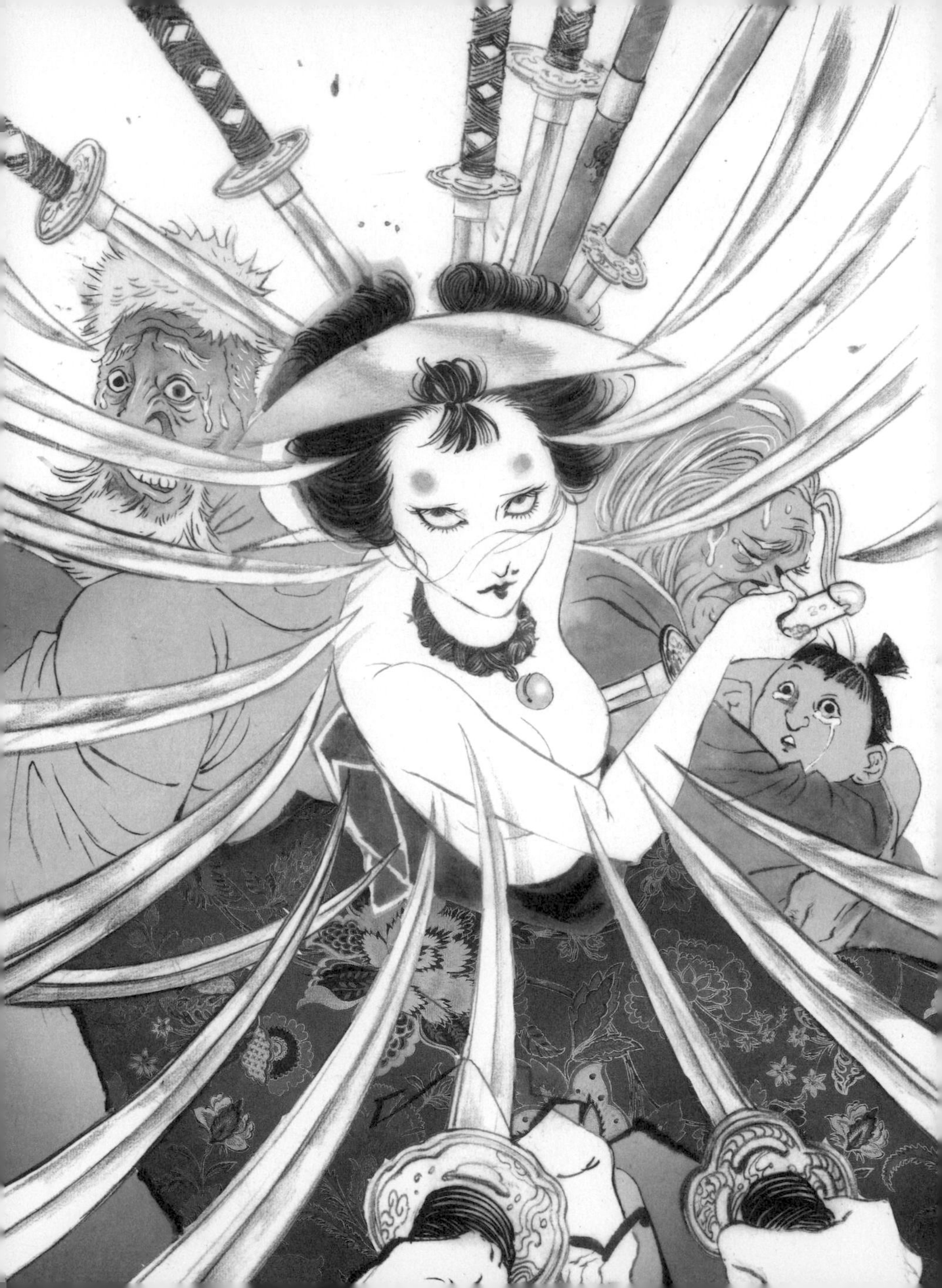

讓開，薄雲！你居然為了這些人當了小偷……
偷要繳交給天皇的年貢米，送給這些庶民！

……賴光，他不會對我出手的……
為什麼只保護天皇一個人？這些人民的命不是命嗎？
反抗天皇是死罪！天皇才是維繫時代和平的人，那些人的命加起來也抵不過天皇的一根頭髮。
那把劍是……我送給賴光的劍……
我對妳太失望了……薄雲！

把妳其他劍尾交出來給我，或許我可以饒那些愚民不死。
……賴光。

閃開！
哇啊啊！
賴光，為什麼你會變這樣？
我沒辦法對他下手……
大家快跟著薄雲跑！

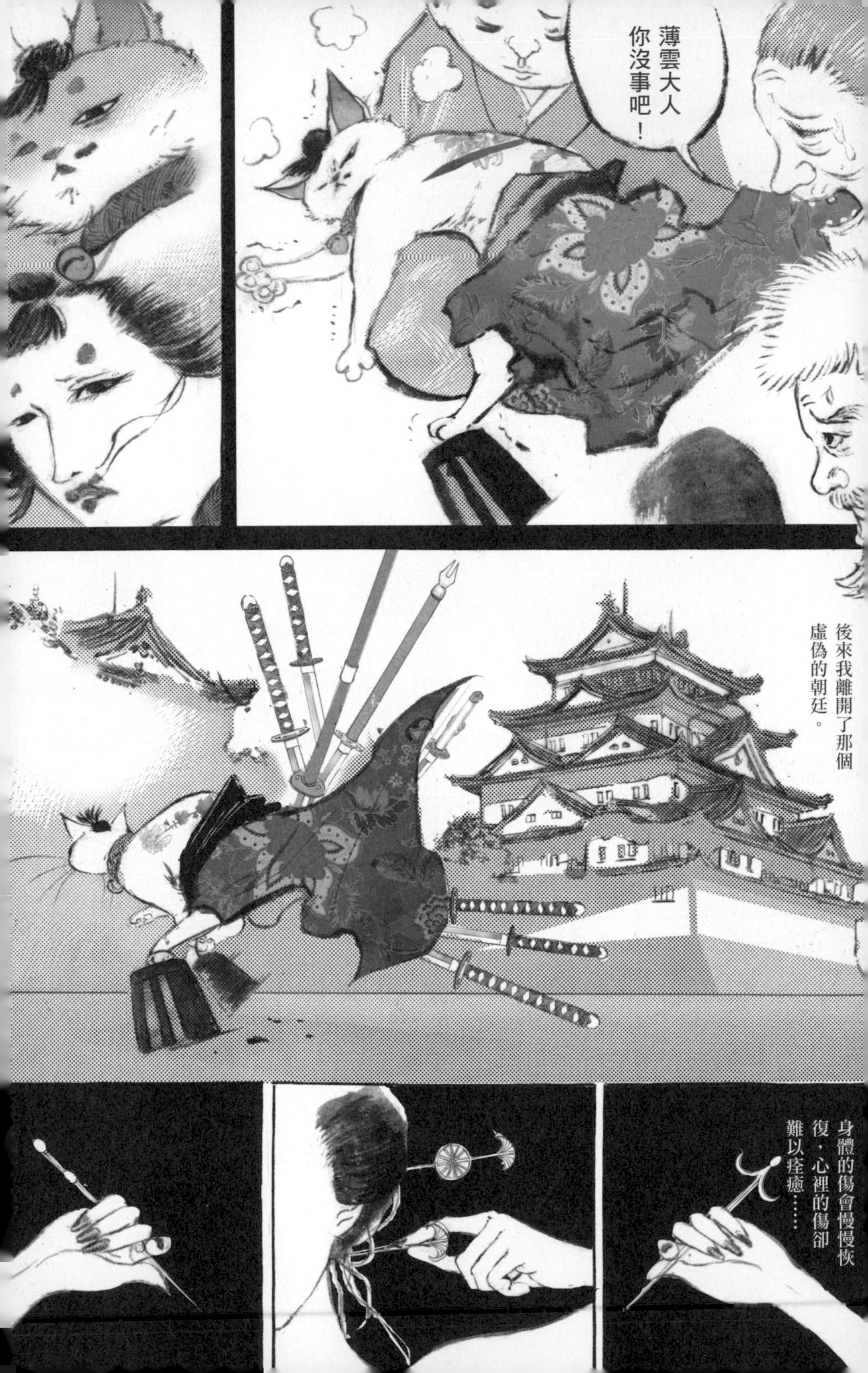
薄雲大人
你沒事吧！
後來我離開了那個
虛偽的朝廷。
身體的傷會慢慢恢
復，心裡的傷卻
難以痊癒……

自此之後，
我不再相信人類了。

如果想要拯救人，
終究只能靠自己！

!!
伏魔
肉墊掌

砍掉妳一命了！
帶著金玉的貓神……
還剩十命。

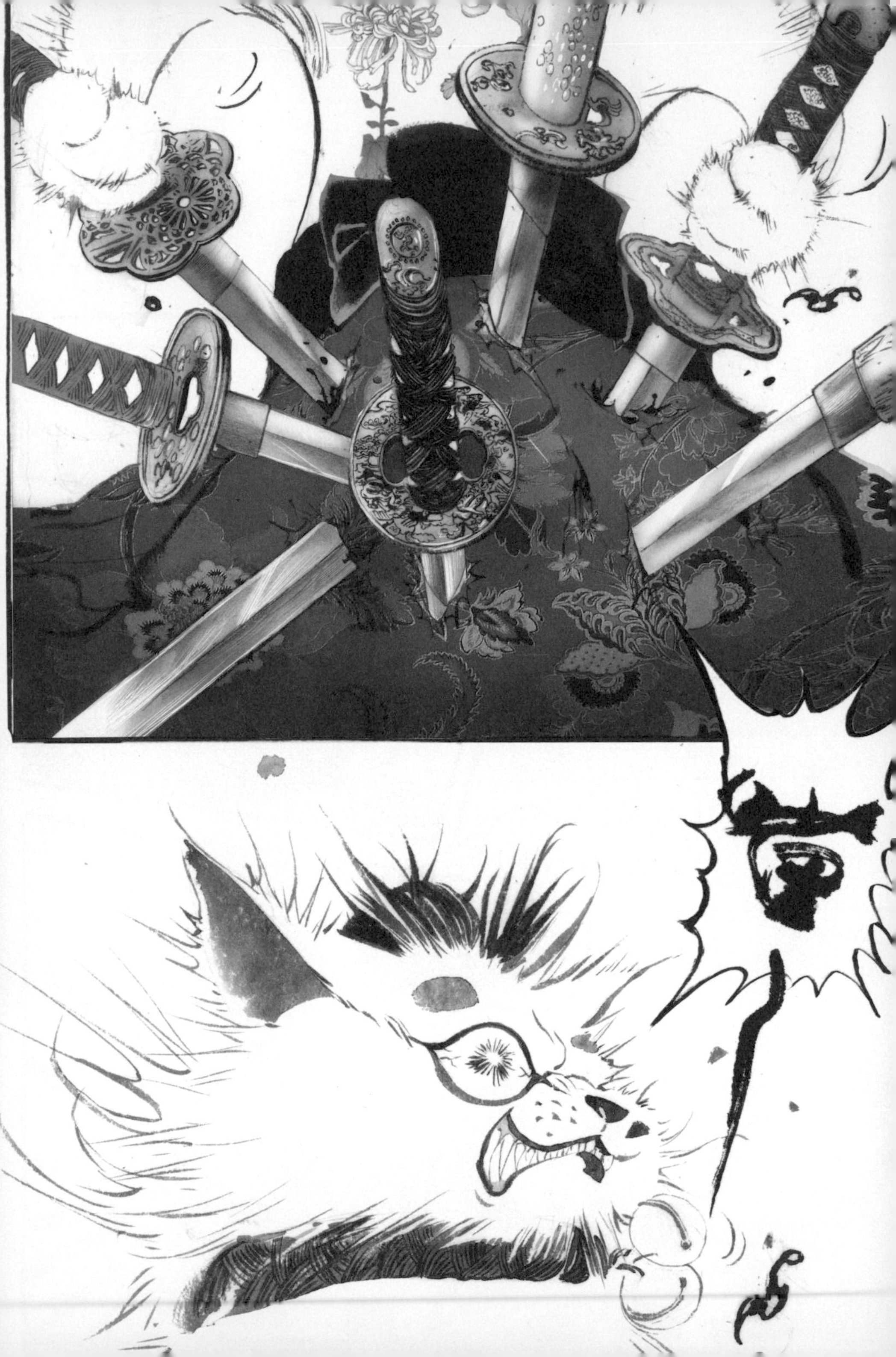

名物大典太和三日月宗近！
一把是豐臣秀吉用過的神劍，
一把是送給一條天皇的神劍。

斷了！

佛中刀數珠丸恆次
歷經「四大法難」
的神劍。

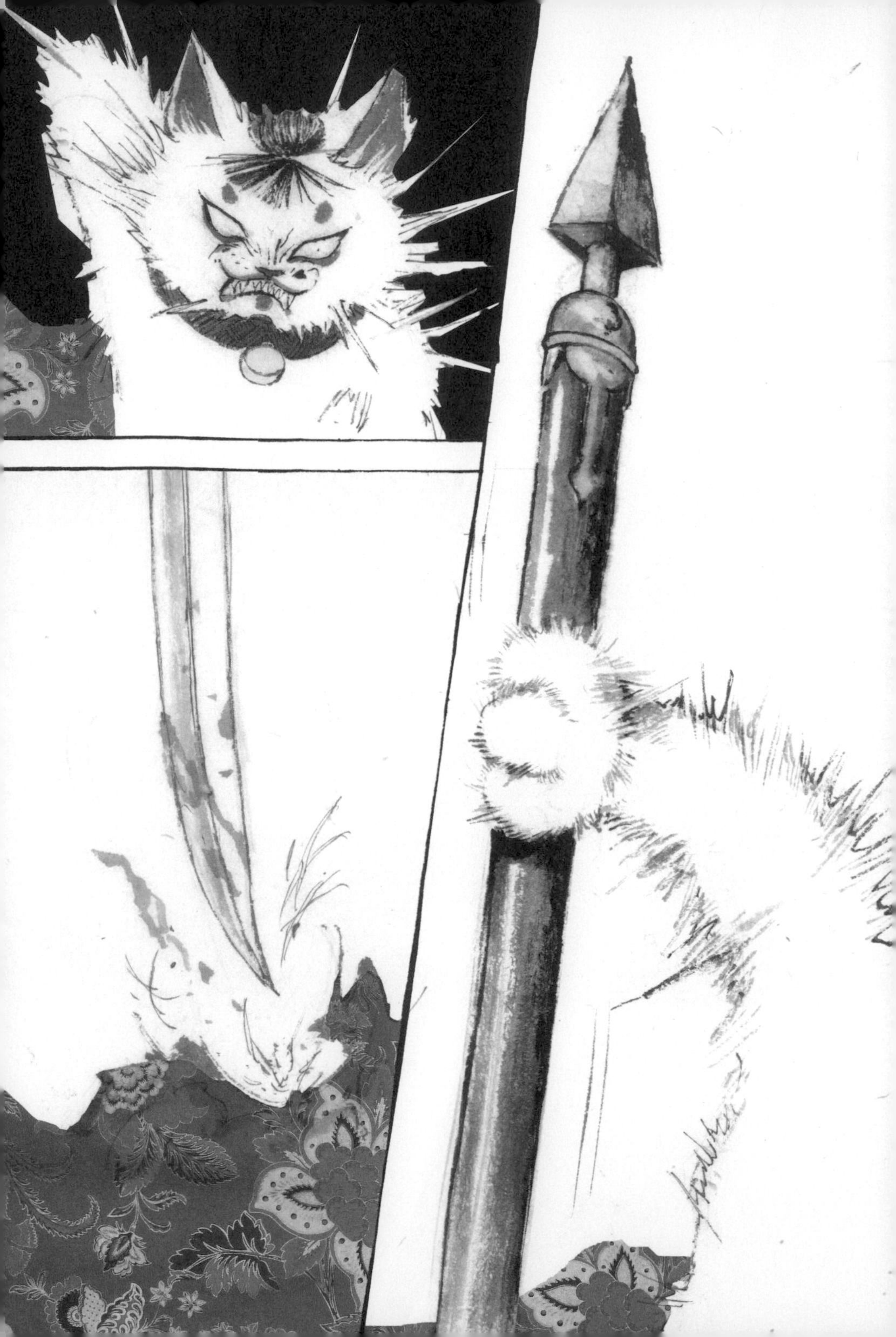

雉槍。

有魚!?
什麼？在哪？

騙妳的！
斷！
鏘
竟然能接連打碎我的劍尾！

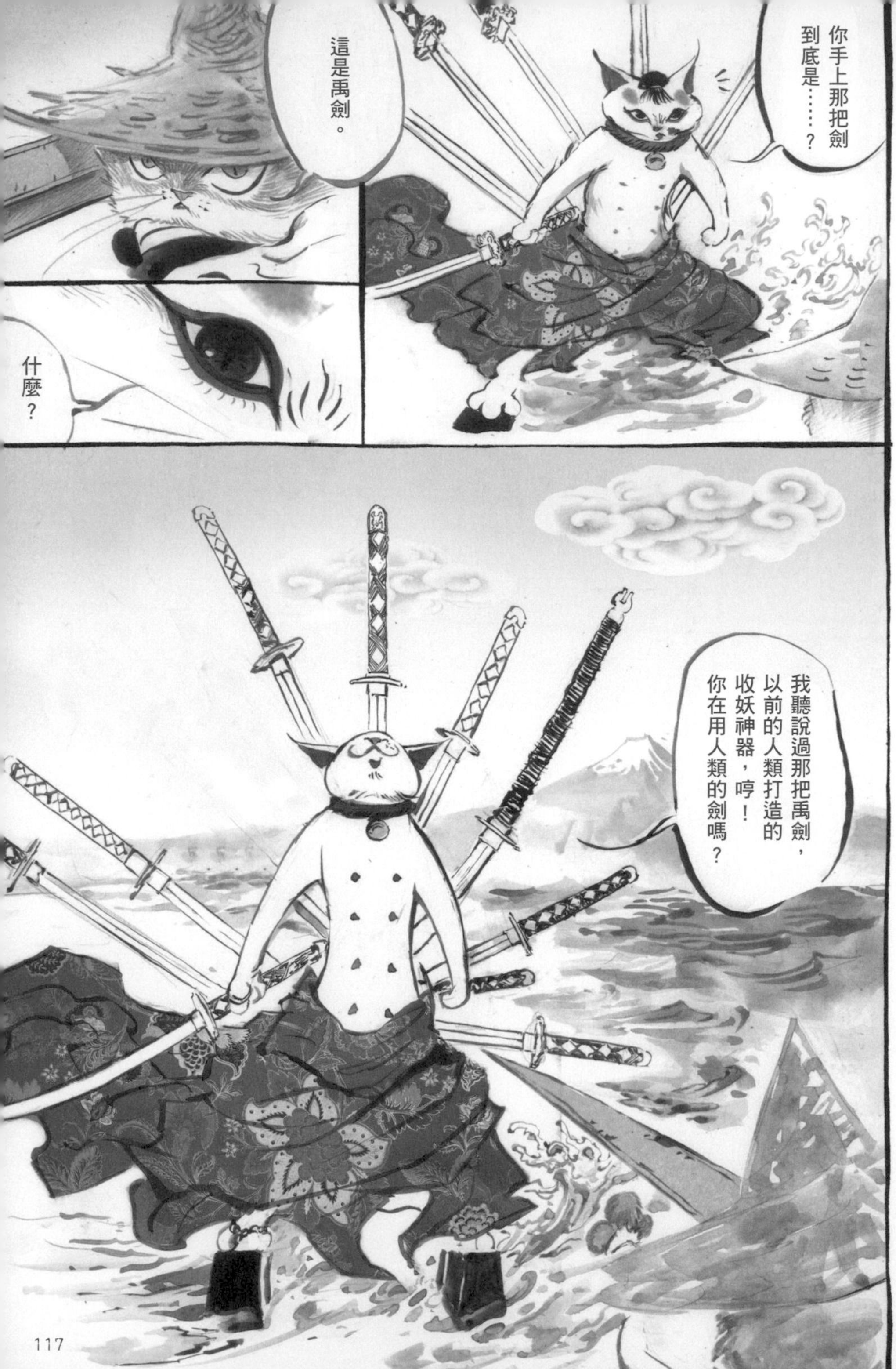
你手上那把劍到底是……？
這是禹劍。
什麼？
我聽說過那把禹劍，以前的人類打造的收妖神器，哼！你在用人類的劍嗎？

聽過一個叫源賴光的人嗎？他自稱英雄，卻拿了我這妖怪所給予的劍作惡，
之後再撰寫對自己有利的歷史，讓後世讚頌他的偉大。
我很後悔自己信任過源賴光。

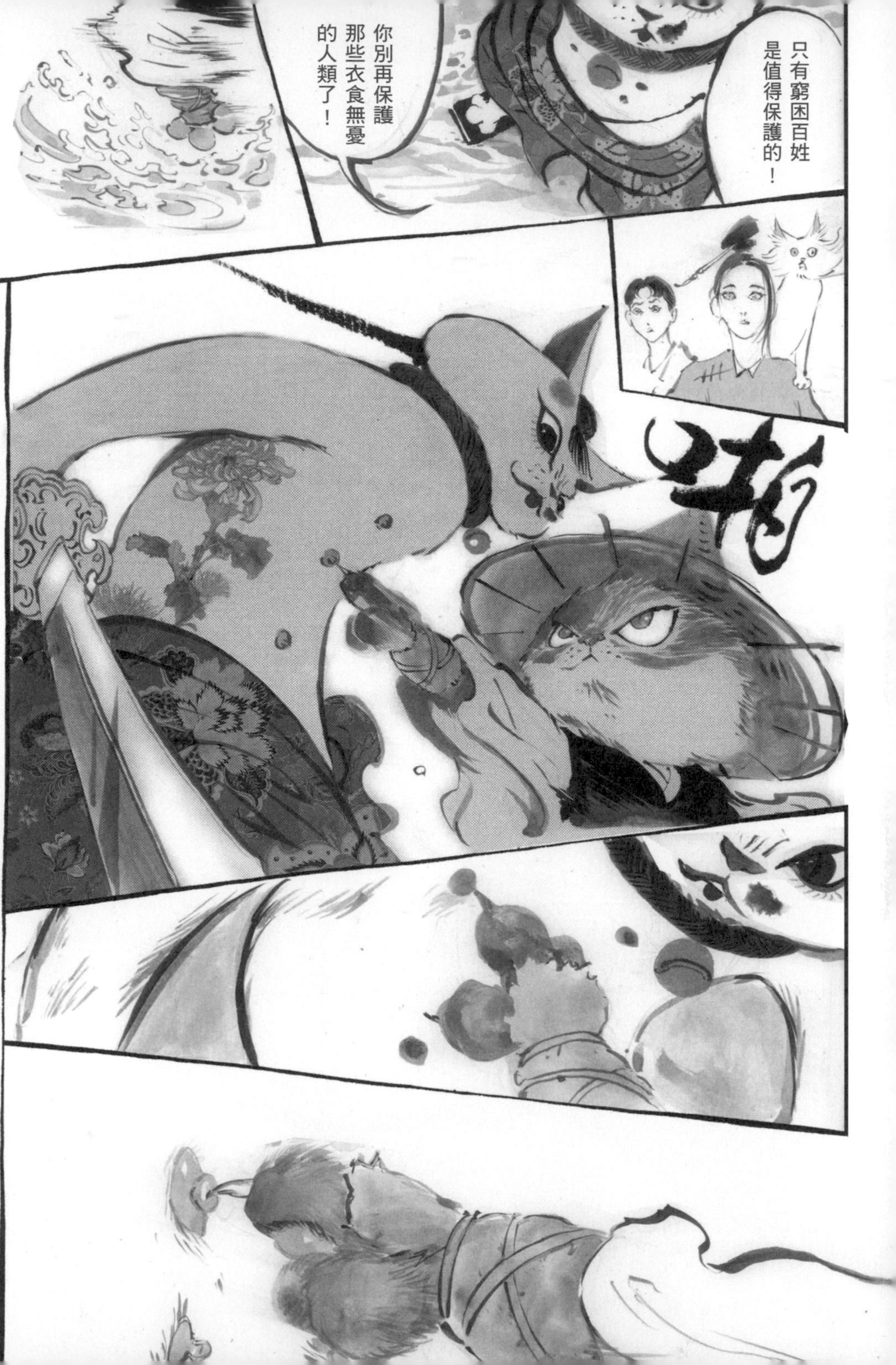
只有窮困百姓是值得保護的！
你別再保護那些衣食無憂的人類了！

我才不是在保護人類，我只是喜歡把自以為有力量就欺負弱小的強者踩在腳底，
那讓我感覺特別爽，只有我才能欺負別人！

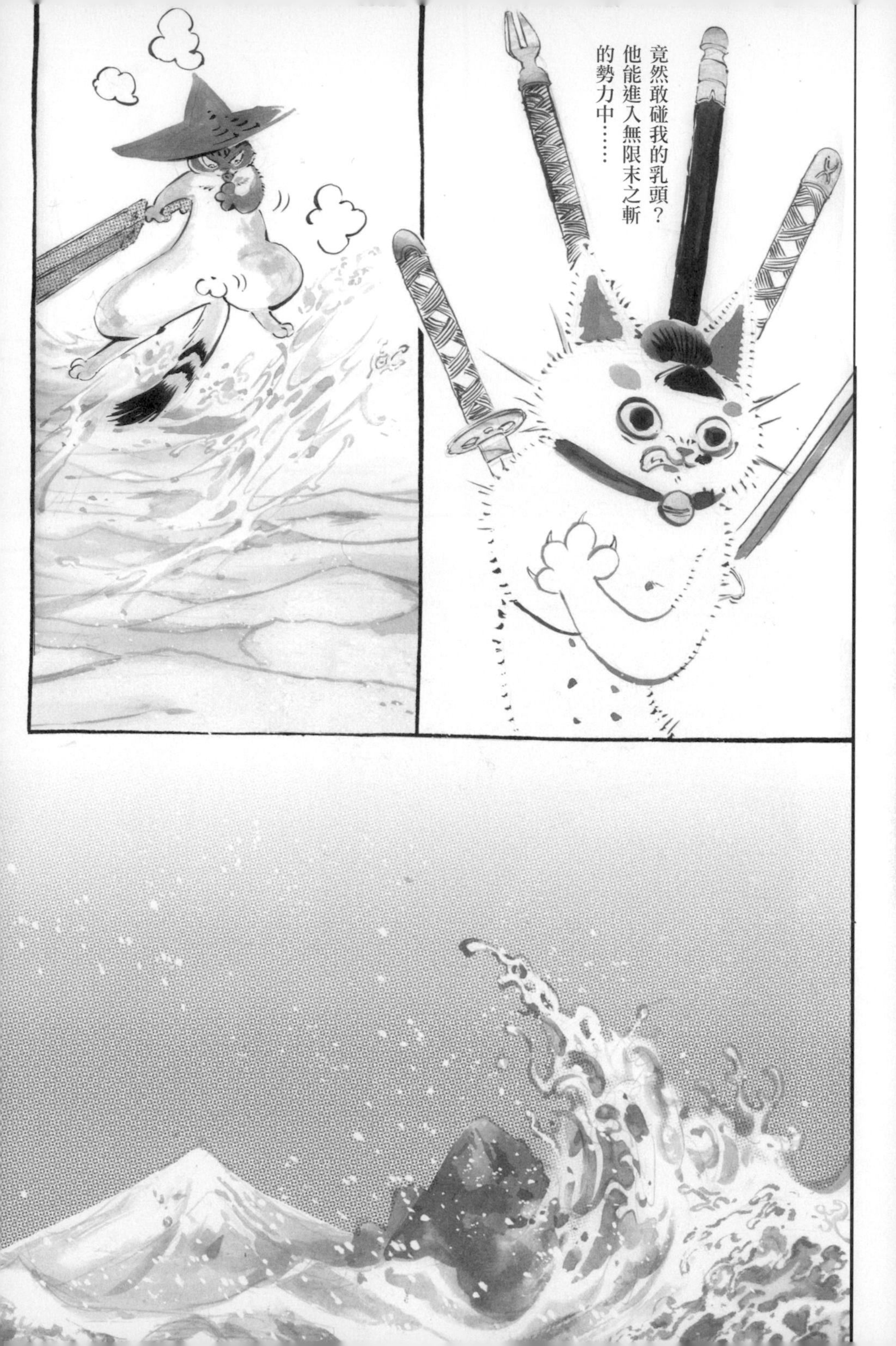
竟然敢碰我的乳頭？
他能進入無限末之斬
的勢力中……

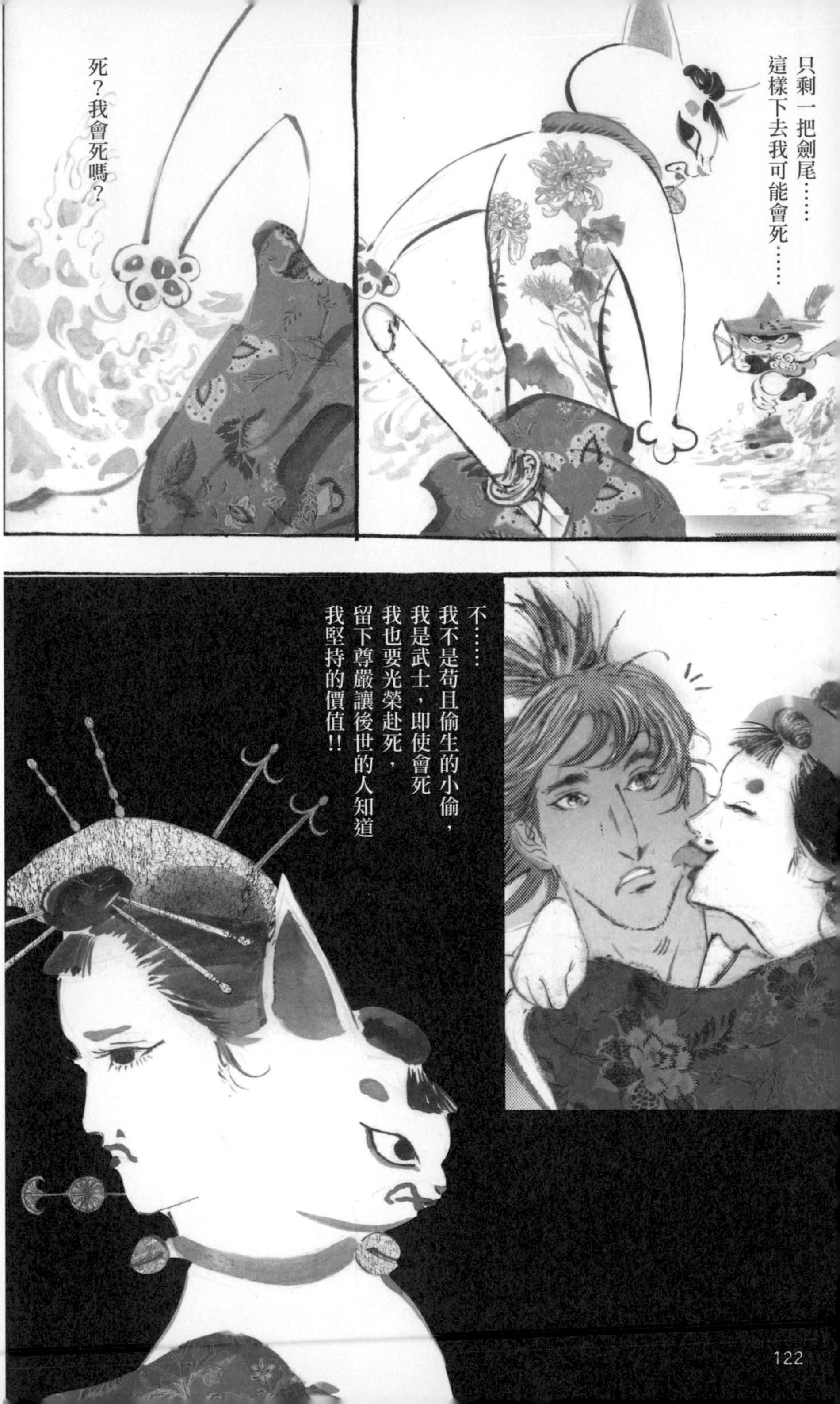
只剩一把劍尾……
這樣下去我可能會死……
死？我會死嗎？
不……
我不是苟且偷生的小偷，
我是武士，即使會死
我也要光榮赴死，
留下尊嚴讓後世的人知道
我堅持的價值!!

我的最後一條命，可是特別頑強的！因為當沒有退路時，就是武士發揮極致武藝的時候！
無限末之斬
灌注我最後的精神——無限末之斬，將劃出無限的斬擊範圍！

停

無限末之斬……
是我在當花魁時，
從花道裡悟出來
的劍術。
留下永恆，
在生命無序前
將其斬除，
留下活著時最
美的那一刻。

我苦練了千萬次，
要把賴光斬下的
無限末之斬，
卻還是沒能親手
殺了他，任他幸福
地自然終老……

即使是一隻貓又，
又擁有無限的生命，
我還是留不住永恆……

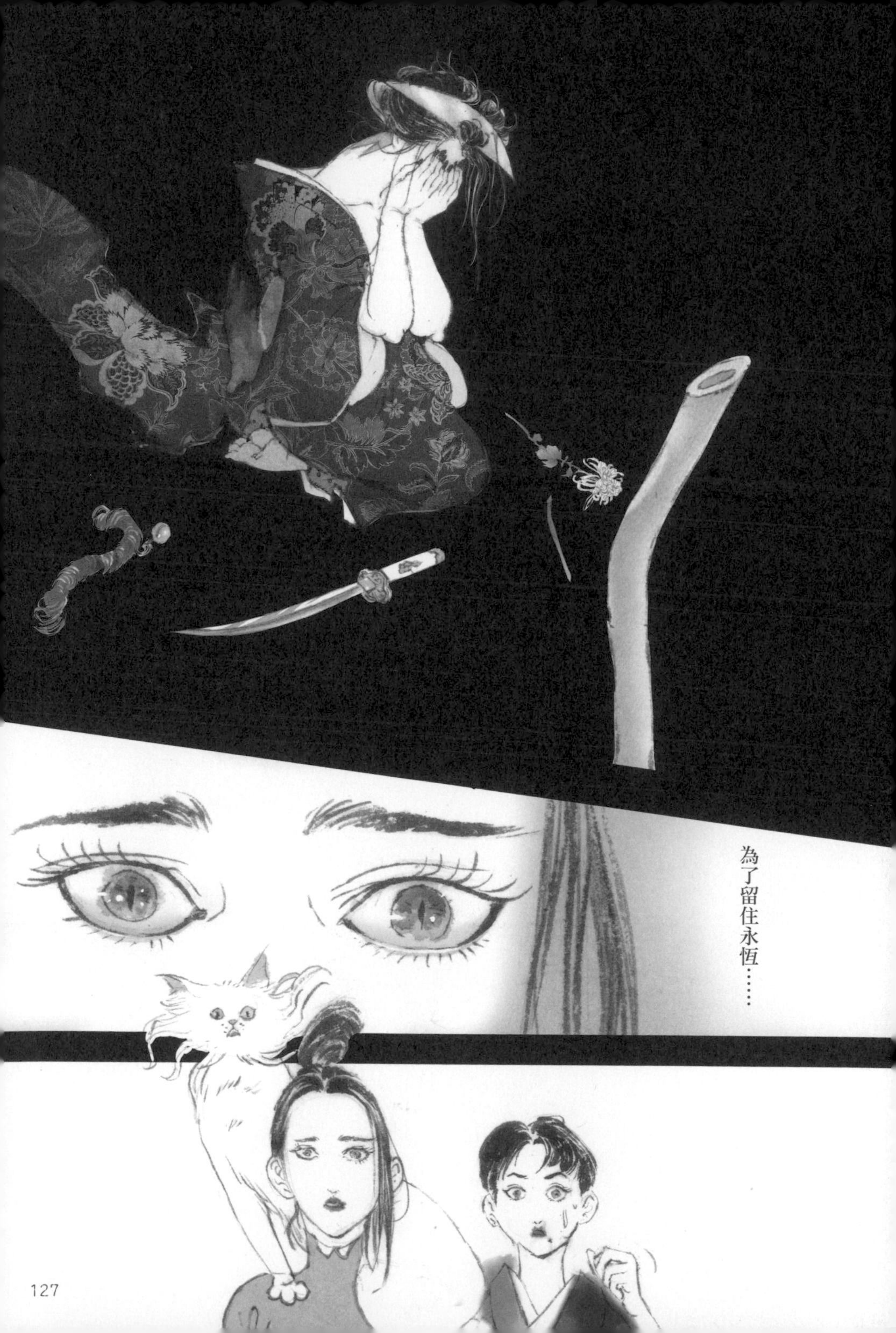
為了留住永恆……

要小心，下次別人打架別再跑進來了唷。
不動！時間像靜止一樣……
一進去她的斬擊範圍就死定了！

這光是!?
你耍什麼詭計？
那是什麼光？

胡姬！
喵

胡姬你是怎麼回事？
不能看！一不小心就被影響喵～
是未來追光劍。

未來
追光劍

完全不用思考！喵！
什麼！我居然預測不到他的動向，他到底在哪！？
這是能預測未來動向的劍，速度對它來說是沒有意義的！
在光之中牠自由地流動著！全然地活在當下……不，牠活在未來，我們從來沒想到的未來。

什麼!?居然……

妳的斬擊範圍雖廣，卻沒能讓妳專注於當下，
因為妳的心還被過去所束縛著，而我已經到達未來了！
未來追光劍……

未來追光劍……為什麼你沒用劍來斬我……為什麼不殺我！
殺妳又沒好處！我只是受人所托把畫拿回去，況且……
跟母貓打鬥滿好玩的，妳現在有男朋友嗎？
沒有啊！怎麼了嗎？

太好了！
布布你沒事吧！
沒男朋友又怎樣……
我輸了……修練千年的我完全敗在祂的手下……只因為對方一時興起想要與我為敵，這是何等屈辱的事情。

即使吃了敗仗我也要死的有尊嚴！

!!
為什麼要阻止我？

事情還沒沒結束，你死了他們怎麼辦？
我剛剛在這裡邊畫邊聽你們講很久了！
對不起北齋大師，這個畫還你，即使窮困也不該拿不屬於自己的東西……

畫你們留著，我不要了。
不要了？
金蛋蛋、花魁，這麼一來，就只剩將軍那邊要交代了。
陪我一起去將軍府吧！

爸爸！

胡姬，羽蘭的守護貓神，
和羽蘭一樣有異色瞳。
有貓態和人形兩種型態，
其能力是變形，
有著巨大的貓掌。

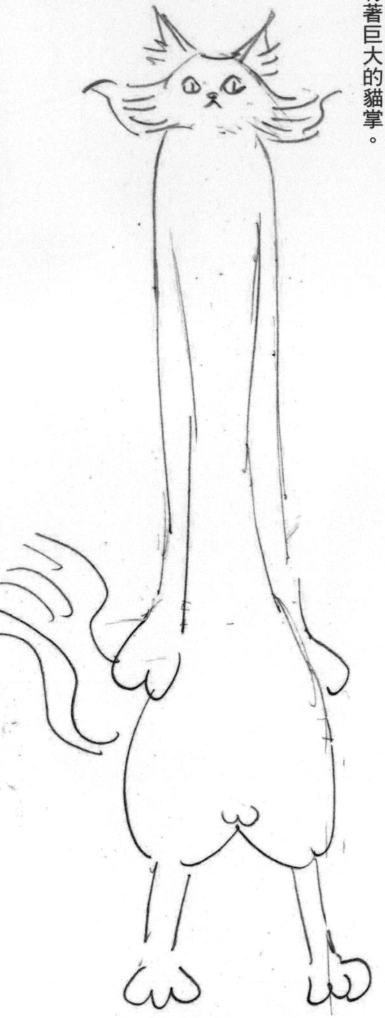

和羽蘭一樣有異色瞳。

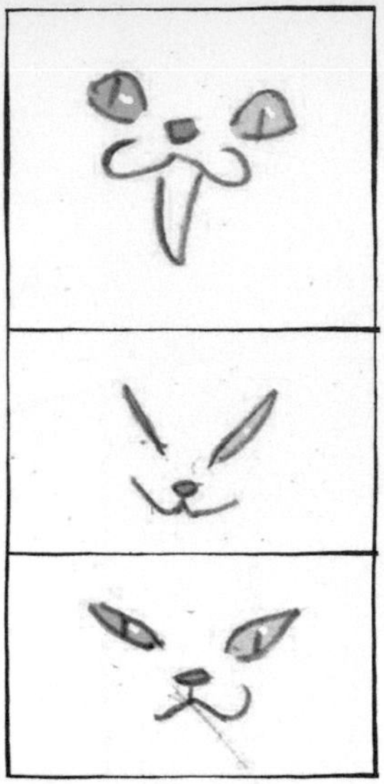

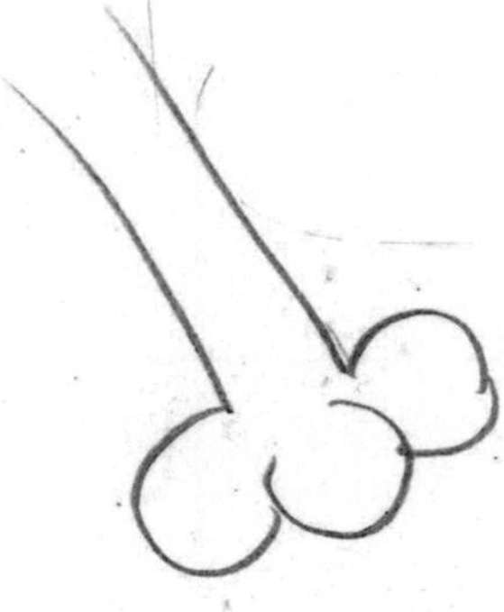

能力是變形，無骨頭
像液體一樣。

對不起大人！北齋逃跑了。
已派人前去北齋家，除了堆得跟山一樣的垃圾跟貓腳印外，什麼都沒有找到，看來北齋帶著要給天皇的畫逃跑了。
貓？什麼貓？
你靠近一點，我聽不到唔？
!!

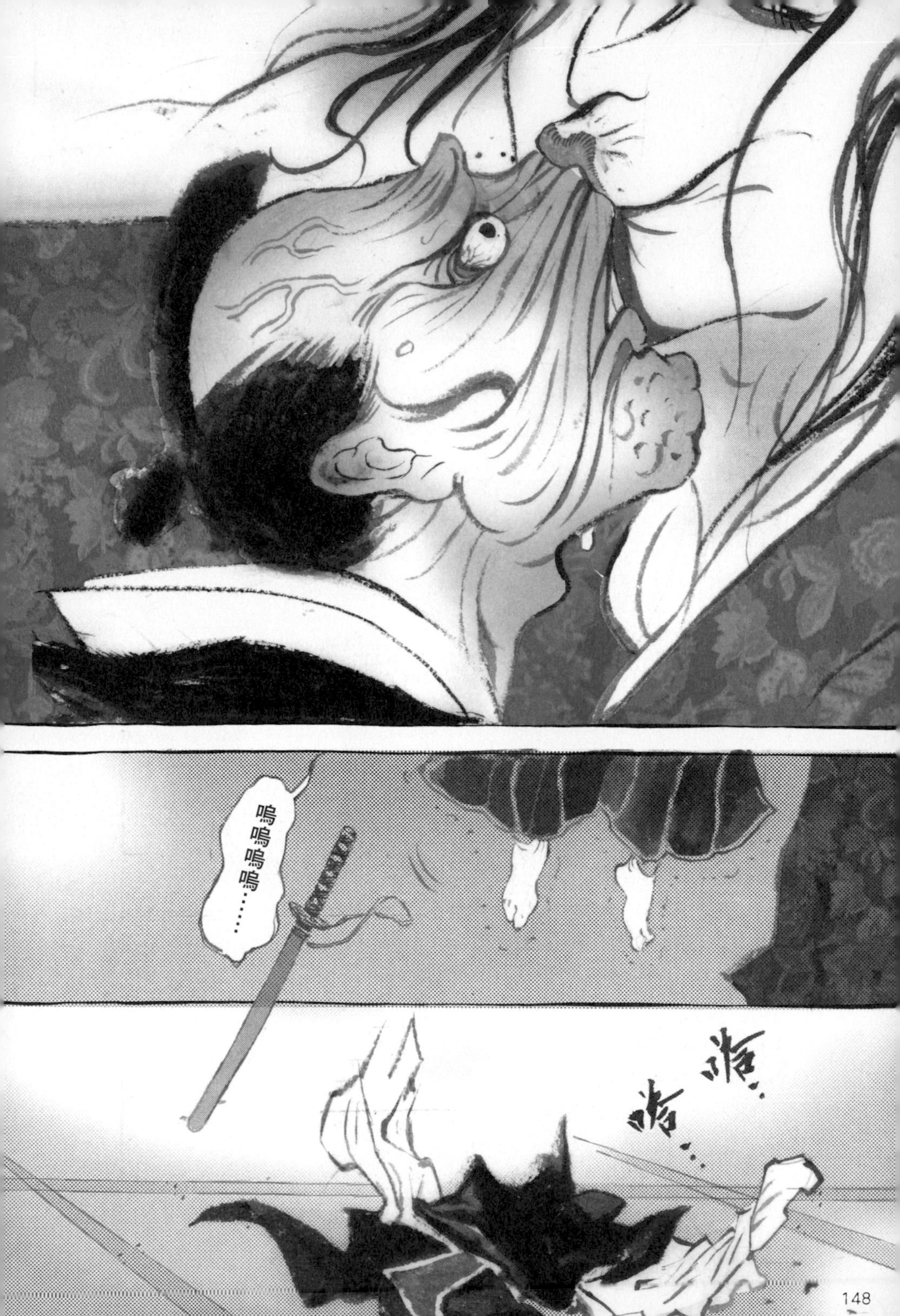
嗚嗚嗚嗚……

其實畫只是我自己想收藏。
天皇？那個魁儡怎麼會懂得藝術之美呢？不過是拿來操控幕府的工具罷了！
畫狂老人……
從我第一次看到他的畫作，我就為此深深著迷。彷彿入魔般……
他的畫記錄著人世陷入煉獄前最美的平衡……

唔唔？
出來吧！別躲了！我知道你們在那。

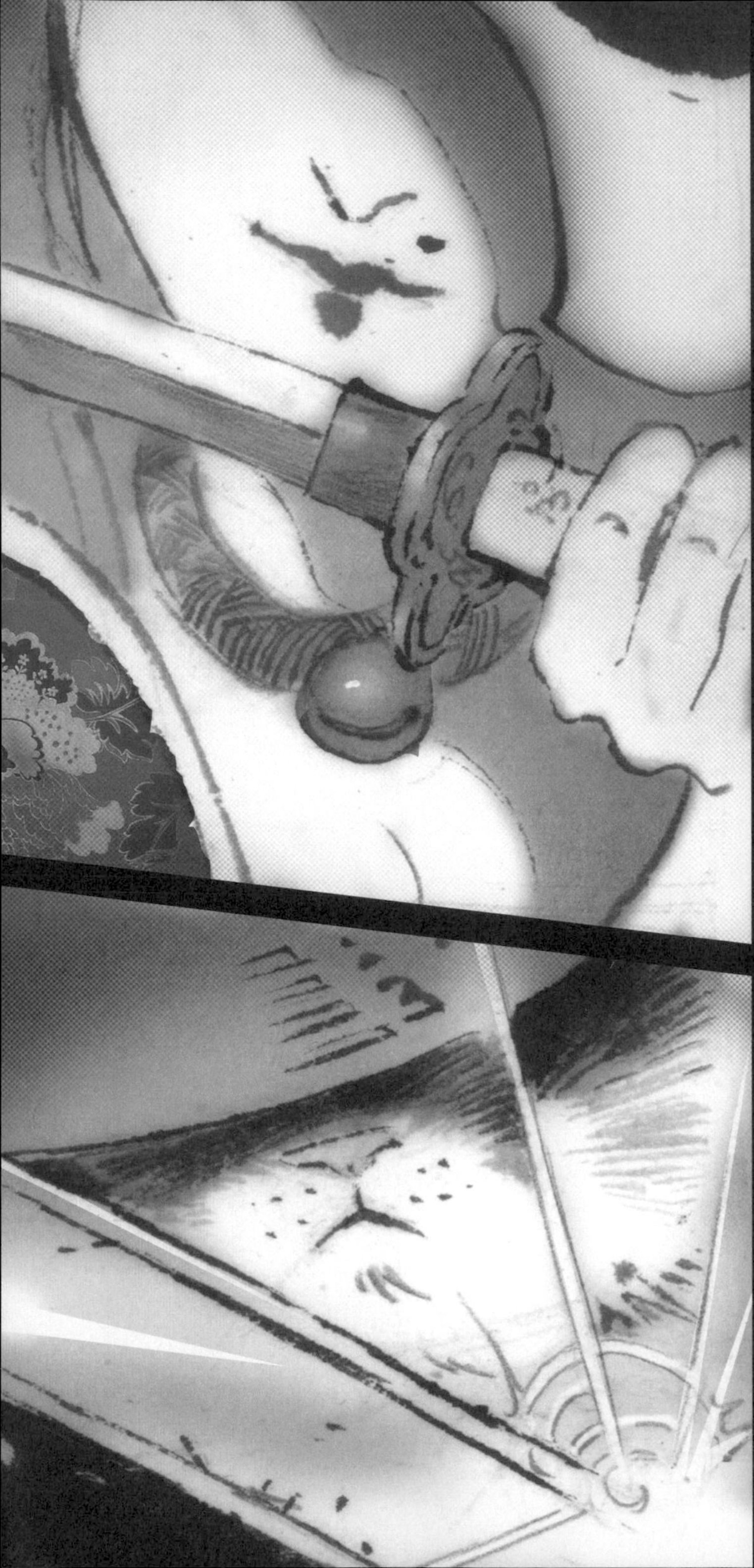

第四命・酒吞童子與招財貓神

你剛剛吃了人吧？
原來你是妖怪！

這是天皇要的畫作，膽敢冒犯天皇旨意，唯一死罪！
你們這些賤民！憑什麼這樣跟我講話！
我的畫不為別人而畫！
我只為自己而畫！

為了天皇的聖旨，人民的命就不是命了嗎？

呵呵，你以為砍了頭就能殺死我嗎？

好久不見了！薄雲！
酒吞童子？你不是早就被源賴光殺了？
呵呵太愚蠢了，當年，源賴光根本沒有發現他殺死的只是我的肉身。

從那之後很多年，
我就是——源賴光！

是源賴光！
賴光你沒事吧!?天皇呢？
天皇毫髮無傷。

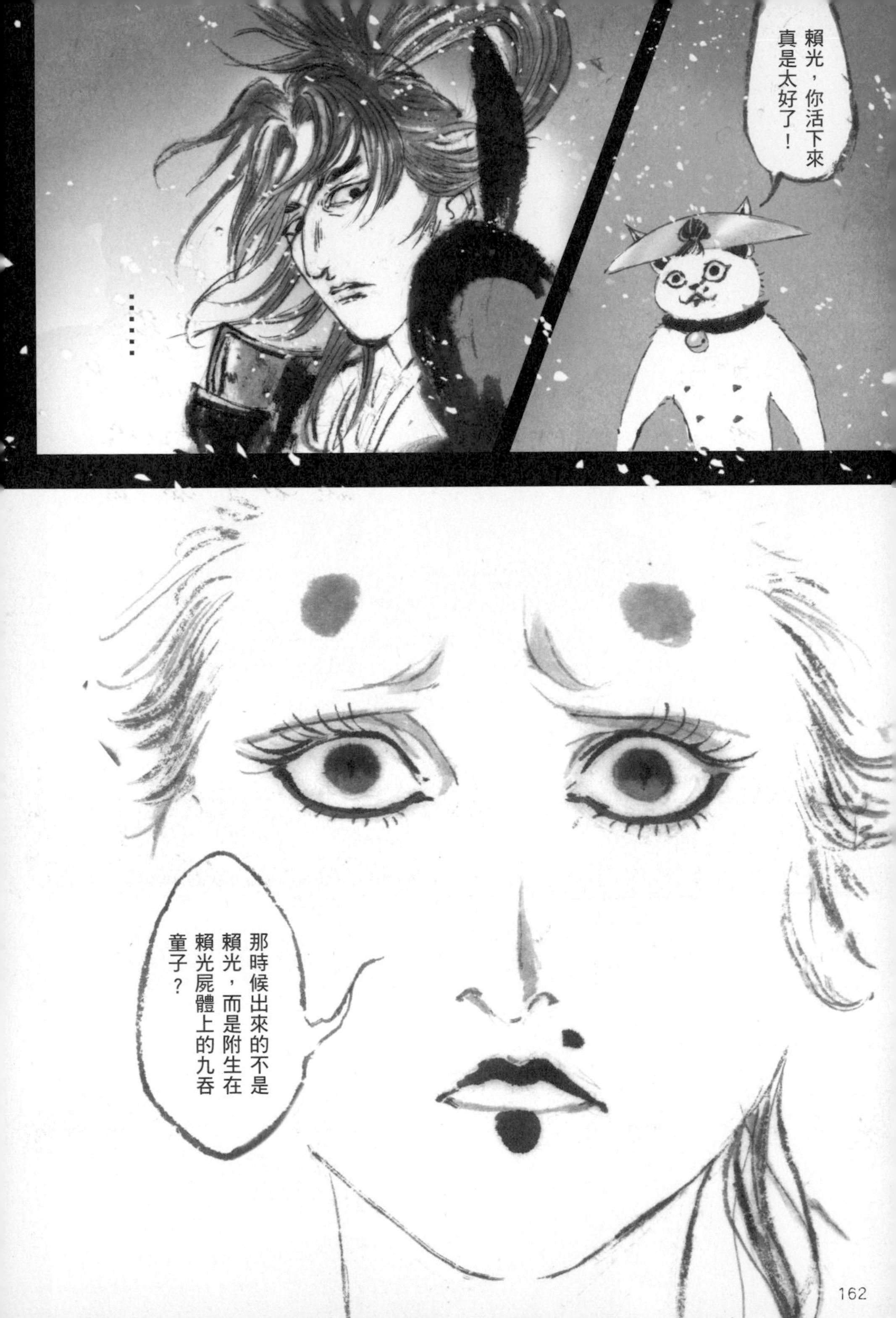
……
賴光，你活下來真是太好了！
那時候出來的不是賴光，而是附生在賴光屍體上的九呑童子？

天皇不過是我的傀儡罷了……
我潛伏在宮中，引導人類因權力與貪婪墮落。
這種墮落不是由於妖魔，而是他們自己，這樣的世間，對我來說更為甜美！

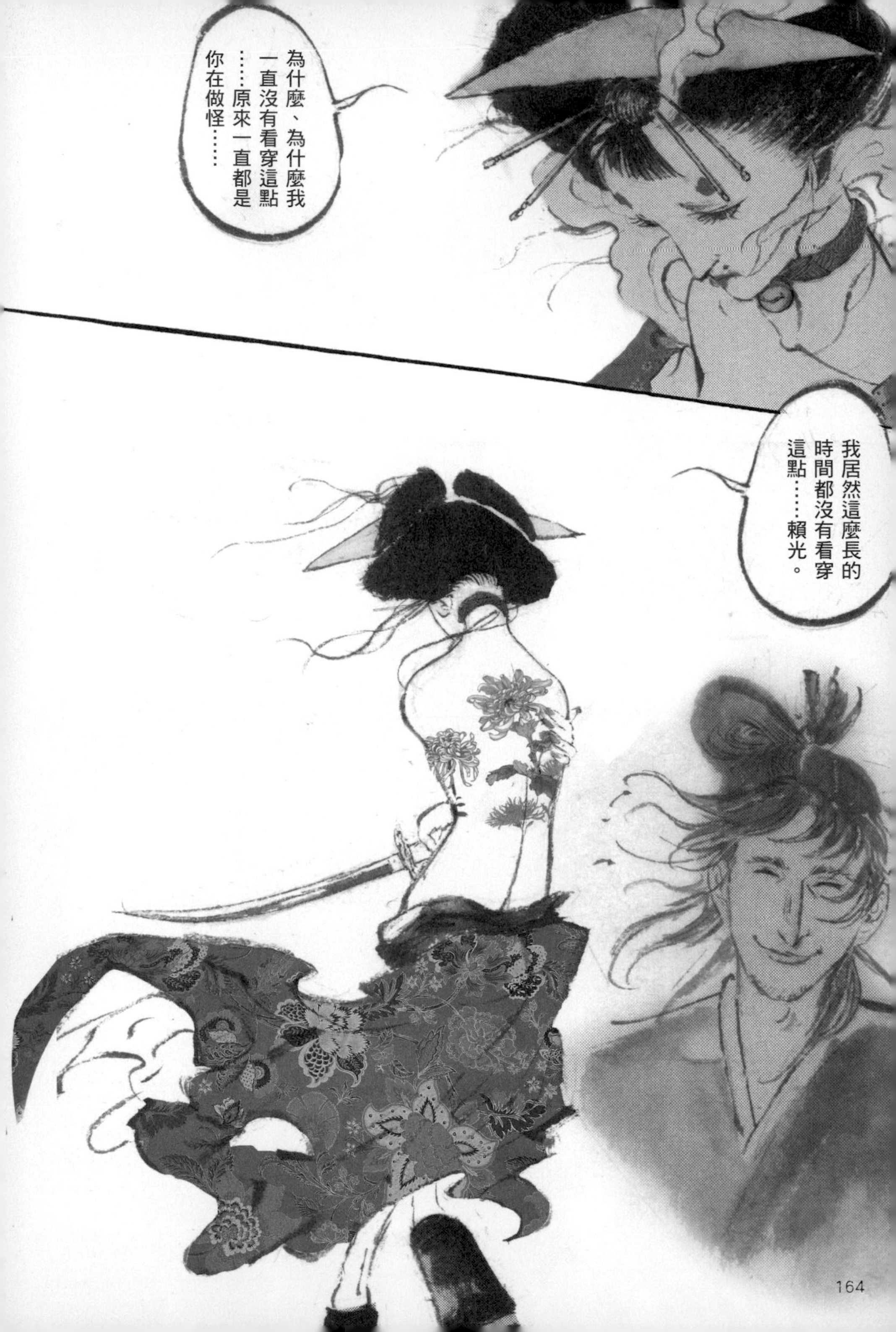
為什麼、為什麼我一直沒有看穿這點……原來一直都是你在做怪……
我居然這麼長的時間都沒有看穿這點……賴光。

無頭的身體，長出了新的頭？

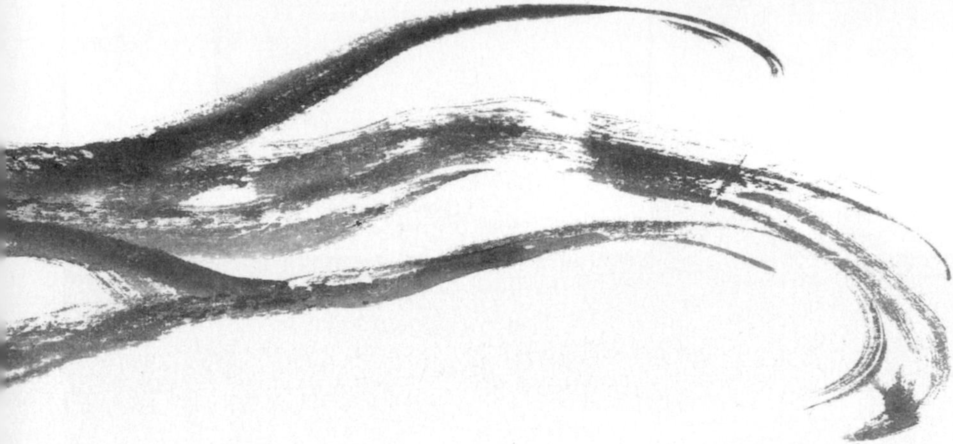

雙頭？

童子切是空間之刃，它能切開空間！
可惜源賴光用這把劍依然無法殺死我啊！

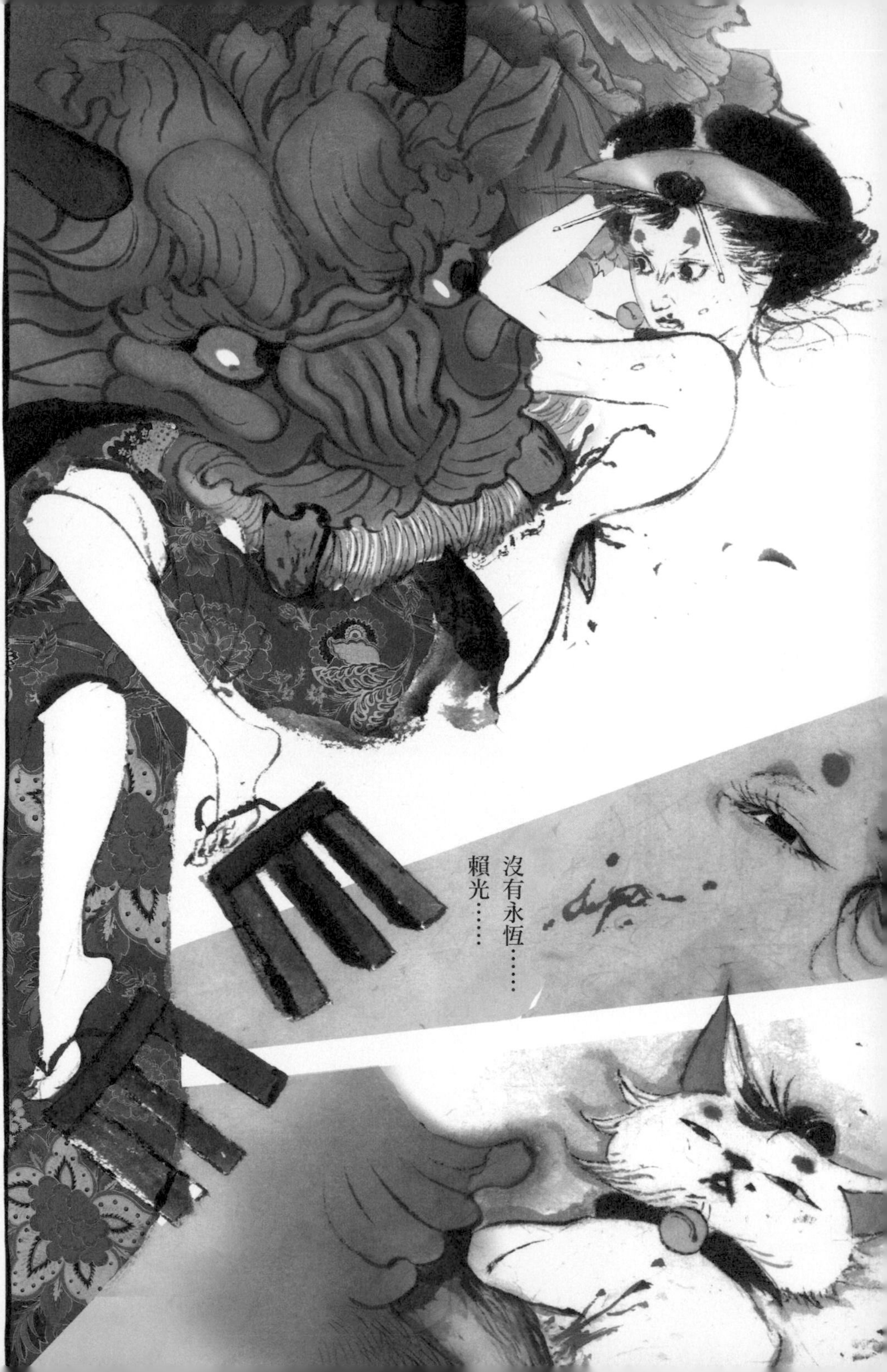
沒有永恆……
賴光……

薄雲！

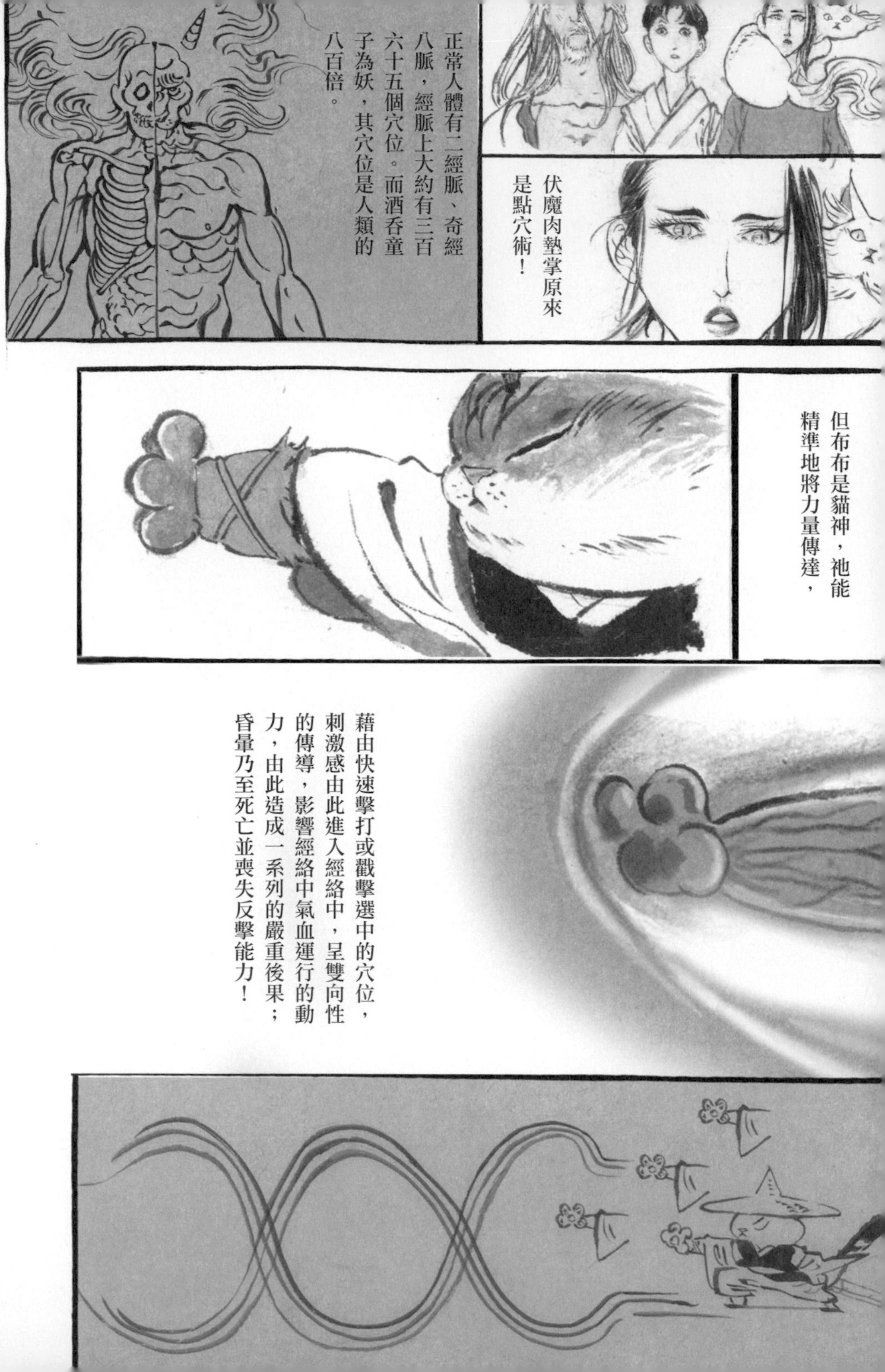
伏魔肉墊掌原來是點穴術！
正常人體有二經脈、奇經八脈，經脈上大約有三百六十五個穴位。而酒吞童子為妖，其穴位是人類的八百倍。
但布布是貓神，祂能精準地將力量傳達，
藉由快速擊打或戳擊選中的穴位，刺激感由此進入經絡中，呈雙向性的傳導，影響經絡中氣血運行的動力，由此造成一系列的嚴重後果；昏暈乃至死亡並喪失反擊能力！

布布！薄雲！

想不到我被酒吞童子蒙蔽了這麼久，也因此傷害了很多無辜的人。
我很抱歉。
雖然妳之前想殺我……
讓我畫妳吧！
!

喵喵喵……
對，這樣把肉墊露出來很可愛！
好想讓他畫錯……

花會隨著時間凋零，
我留不住任何永恆、
任何瞬間，只能用
創作記得妳的樣子。
我們都會老，
愛可能變質，

但我畫出來的妳能保存到永恆。
不知何時我竟然忘了畫畫是很快樂的事！
是吧！羽蘭姐！

……
哈哈哈！我的畫在窮人手上或富人手上都無所謂，
因為數百年之後我的畫仍會是日本國的偉大藝術瑰寶！阿榮，妳要畫想畫的東西可以，
追求自我的創作並非錯誤，但能超越未來在歷史留名的有多少人？
我只希望妳不要為了追求自我，而忘記更重要的東西。
爸爸！

我作為一名活在時代洪流中的畫匠，能畫出時代喜歡的作品，並養活女兒，就已經盡了責任。這就是我的天命。
為了養育女兒，我也願意畫我不想畫的作品。
責任……

之後，曾經擁有十二命的貓又薄雲，拿著她剩下的兩條劍尾——童子切安綱與無限末之斬，繼續守護日本，她將偷來的錢分送給窮苦的人民，

爾後，人們將她的故事奉為傳說，並尊稱她為招財貓神。

而布布與山海經傳人衝羽蘭，尋找貓神一族類族的旅程，仍然持續著。
真的要走了嗎？薄雲是一隻很漂亮的母貓呢！
哼！囉嗦！別跟公貓談兒女情長！
在找到類族之神前，我不定下來。

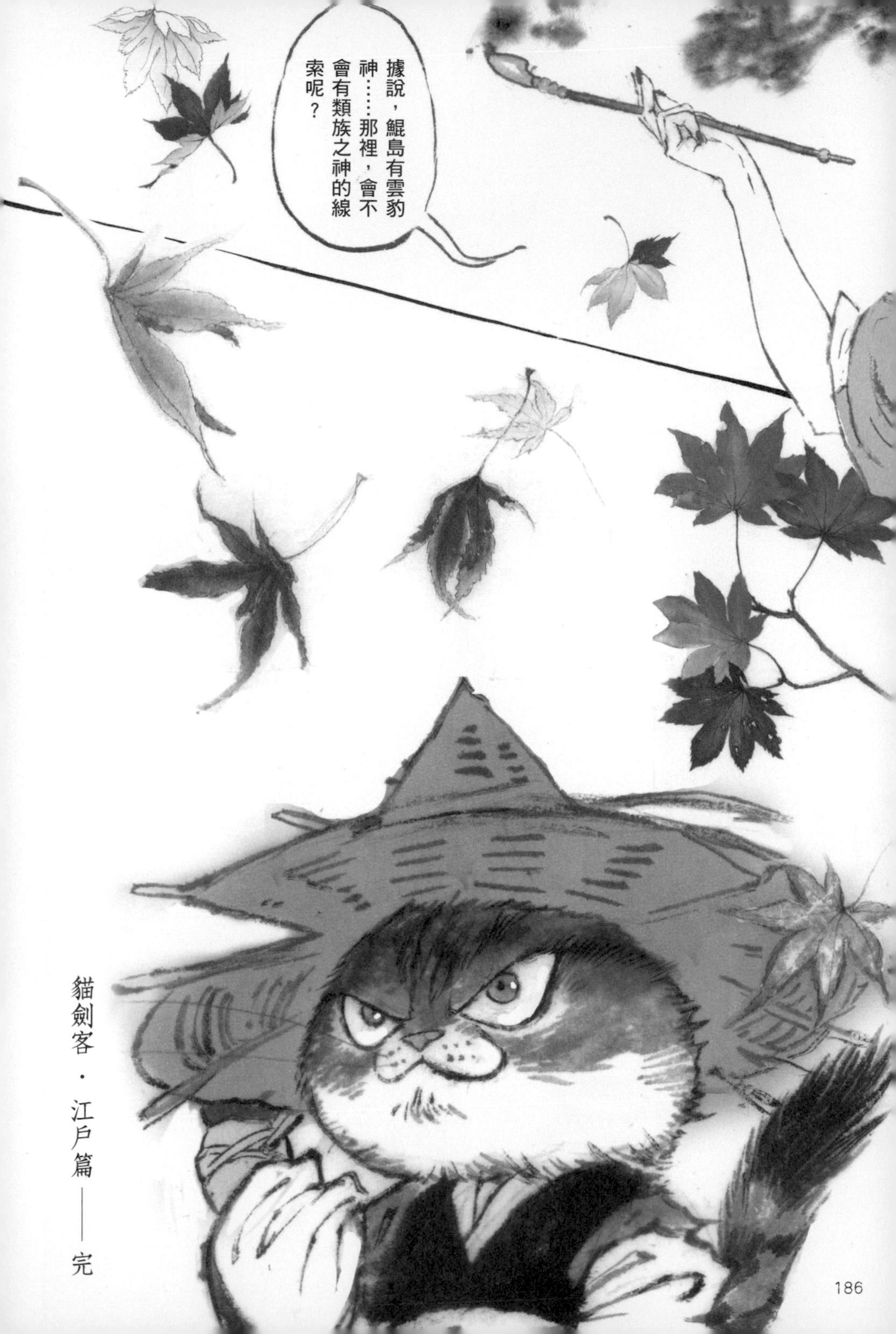
據說，鯤島有雲豹神……那裡，會不會有類族之神的線索呢？

貓劍客・江戶篇——完

花會隨著時間凋零

我留不住任何永恆，任何瞬間，

只能用創作記住你的樣子

我們都會老，愛可能會變質，

但我畫出來的你能保存到

永恆。

衛斯蘭

附錄：留住永恆的人們

《貓神降臨》

——貓劍客葉羽桐個展

二〇二一年漫畫家葉羽桐老師將推出眾所期待的《貓劍客》第二部，漫畫出版之前，在年初所舉辦的水墨個展《貓神降臨》，就如同第二部的預告一般，讓讀者藉由展覽先行體會貓劍客穿越時空來到江戶，融和日本文化所展現而出的，絢爛綺麗的妖物繪卷。本篇將分享羽桐老師的訪談與合作藝術家的創作，期待可以幫助大家更了解《貓劍客》這部作品。

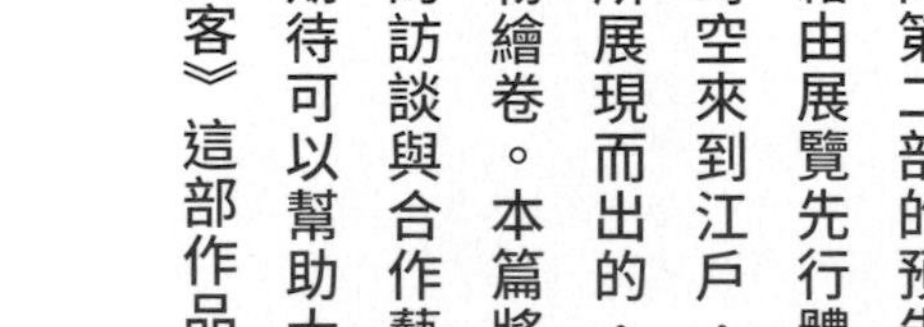

開幕茶會時，有讀者帶自己的貓來讓羽桐老師現場臨摹。

展覽是獨立的空間，可以邀請讀者進入《貓劍客》的世界。

作者訪談

貓神宇宙冒險系列，
日本、臺灣……世界各文明的貓神，
浮世繪漫畫第一卷啟程！

「世界上如果真有永恆的事物，那只有神，
而能夠留下來的只有用我的畫筆所繪……」
衝羽蘭，一位用繪畫來記錄歷史卻迷失自我的畫家，
遇到了一隻拿著上古神劍卻要找到自己是誰的貓神，
兩人穿梭在歷史之中，解開世界各地貓神傳說的傳奇冒險故事！

Q：為什麼會想以貓神為概念來創作呢？

A：《貓劍客》是我二〇一五年在網路上連載的長篇漫畫作品，二〇一九年《貓劍客》第一部連載完後，就有著將貓神宇宙世界觀擴充的構想。

《貓劍客》是依據中國地理誌《山海經》改編而成的作品，而《山海經》裡的怪物形象，諸如人頭獸身的形象也常與世界地圖裡的諸多怪獸形象吻合，或許《山海經》裡的珍奇異獸與世界有所關連……另外貓劍客布布是以記載於《山海經》裡，一個叫做「類」的奇妙生物（有獸焉，其狀如狸而有髦，其名曰類，自為牝牡，食者不妒。——山海經・西山篇）為藍本創作的貓神，那類是不是跟人類一樣有個種族，而且很多隻呢？貓神不只一隻！

諸如此類的腦洞想法在我腦中蔓延開來，於是展開了研究世界各地貓的傳說與神話的計畫，接連寫了埃及貓神、中國貓神、西藏貓神、印度貓神、臺灣貓神等故事雛形。

十二命花魁能劇面具（天治久利革工房作品）

沒想到資料過於龐大，讓我的續集作品一延再延……不知不覺就兩年了呢。期間自己跟世界發生了很多事，除了疫情爆發，自己的內心也因為創作遇到瓶頸，而備感煎熬。

要畫出感人的作品，就必須把自己赤裸且毫無保留地丟給別人看，即使我畫的是奇幻類的作品，也一定要把自己生活中真實的聲音傳達給他人，秉持這樣的信念才有今天的創作，不論是衝羽蘭對藝術創作的反思，以及薄雲內心的驕矜，都是我在生活中遇到的人事物給我的共鳴才寫得出的句子，萬分感謝買了此書的你們，以及陪伴我和給我題材跟人生經驗的各位朋友。

Q：為什麼選擇江戶時代呢？真的有薄雲這個貓神嗎？為什麼會選擇用花魁來當這次故事的主角？

A：貓又薄雲的故事是依據日本的招財貓改編，招財貓的故事有許多野史，我只是將每一段野史做取材，再加以編纂出自己的價值觀以及想畫的題材進去。而會選擇江戶時代，則是因為我十分想要將畫狂

老人葛飾北齋的人生故事融入其中，身為一個畫家他是如何看待世界的？這也是我很感興趣的話題。另外在查葛飾北齋資料的時候，發現她的女兒葛飾應為有繪畫春宮畫的紀錄，我便想像在當時保守社會下，大眾對於一個女兒身畫這樣題材的看法是如何？於是便將我喜歡描寫的東西串起來完成了這個故事。

花魁在我眼中是一個美麗又神祕的文化象徵，而對我來說花魁也反映了人的內心，學習花道、舞道、書道，將自己打扮得漂漂亮亮，看似完美無缺的表象，就彷彿戴著一層假面具，那並不是真實的自己。

也因此，薄雲除了像花魁一般將髮簪插在頭上，也將十二把劍插在身體，用於表現背負的事物，每一把劍都是一條命，每拔出來會承擔著一次劇痛，人總要背負著一些自己才知道的痛苦。即使很多痛苦是沒必要的，源於自己的心態、自責，然而活在世上仍舊會如此。我還記得我看到李安大導演的電影《少年Pi的奇幻漂流》，裡面有一段話：

I still cannot understand how he could abandon me so unceremoniously, without any sort of goodbye, without looking back even once. That pain is like an axe that chops at my heart.

（我仍然無法理解他如何能這樣隨便地拋棄我，沒有任何形式的道別，甚至連回頭也沒有。那種痛苦就像是一把斧頭直往心頭劈。）

雖然情境不同，但這段話讓我聯想到女人在愛情中受傷的內心感受，我想刻劃出來這樣的感受，那是矛與盾的衝突，人因為怕受傷因而武裝自己，反而傷害到別人的那種痛苦。

源賴光將菊花刺青在薄雲身上的設定，我在臺北訪問了遇見的年輕人，有些人選擇刺青來避免自己遺忘，有些人刺了青卻想將它洗掉，不論是哪種，我認為這樣的心理狀態很美，也充滿了故事。另外選擇菊花，其實是閱讀了《菊與刀》這本書，這本書是二戰時美國人以旁觀者角度，記錄了日本文化裡的矛盾，這樣的反差心理非常細膩也充滿著敏感而神經質的成分，非常有趣。

Q：這次的主角《山海經》繪師衝羽蘭，是一個畫家，她是依據作者所改編的嗎？

A：不管是貓劍客布布或是衝羽蘭，他們都是我的一部分，我希望能藉由羽蘭這個角色，帶我挖掘我對創作與人生的疑問。

在《貓劍客》第一部第五、六集的內容中，衝羽蘭曾說過：「當我一無所有時，我只剩下畫畫。」除了這句話之外，她也用畫圖來描寫所見的世界，繪畫是羽蘭存在的價值，也是她跟這個世界溝通與互動的方式。她是一個為畫而生的角色，不論是在第一部故事漫畫中出現過的能力《聚靈畫梅 沒骨法》的命名，以及她接下來在新一集故事劇情裡面的新能力，都取材自傳統水墨技法。

另外衝羽蘭這個人物也以白玉蘭這種花為概念核心，白玉蘭的花語是純潔的愛，潔白無瑕的花瓣寓意着純潔可貴的愛情，我便藉衝羽蘭這個角色，說出了這段臺詞：

「花會隨著時間凋零，我們留不住任何永恆、任何瞬間，只能用創作記住她的樣子。我們都會老，愛可能會變質，但我畫出來的妳有可能保存到永恆。」

《貓神降臨》藝術家合作

宋立 × 貓劍客

作品名稱：凝
尺寸：30×25×28（cm）
媒材：雕塑土／壓克力

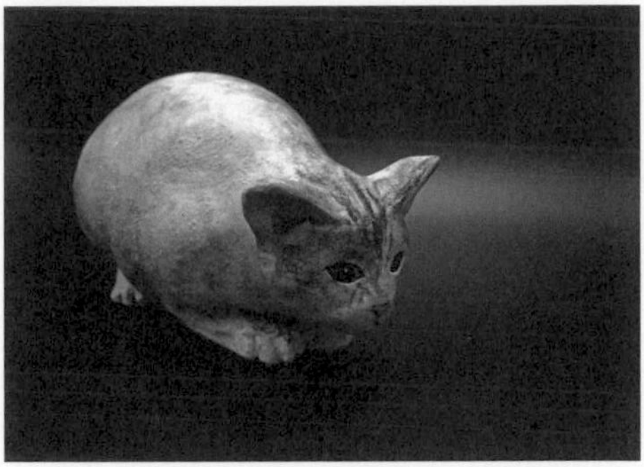

藝術家答客問——

Q：對《貓劍客》的印象是什麼？

A：第一次看到《貓劍客》，可以發現作品有自己的韻味，劇情節奏緊湊，也有輕鬆的地方。裡頭出現的鬼怪很多都不陌生，卻用全新的樣貌出現在我們眼前，讓人耳目一新。其中最喜歡的，是劍客用柔軟的貓掌來當殺招真的很有趣，對貓奴來說，這真的是必殺技吧哈！

Q：這次合作的創作主題為何？為什麼要選擇這個主題？

A：我很喜歡貓劍客作品中有鬼怪的轉化，《山海經》也是自己很喜歡的元素，不過羽桐替鬼怪創造了全新的設定，並非是我們原本對鬼怪的印象。剛開始在思考怎麼切入時，決定要選《山海經》中的角色為主要的引線。自己看完印象深刻的書籍或是繪畫時，我總是會想像作品中的角色若是處在不同的時空背景，會是怎樣的發展？想讓不論是看過《貓劍客》或是沒看過的朋友都能有想像的空間。我以《貓劍客》為原型，讓他從半開放的空間探頭，觀看的人可以沿著引導，老人身後的帝江刺青成為作品的焦點，對於渾沌孕育了世界，劍客如何應對這些風風雨雨我們尚未明瞭。在這裡，時間停在悠閒的傍晚時光，那是尚未前往渾沌中心的貓劍客。

Q：合作中最大的挑戰是什麼？

A：我也是個貓控，對於這次的邀約很期待！雖然是第一次與既有的角色合作，不過感覺自由度相當大，真的能讓我放手去嘗試。最大的挑戰應該是怎麼創造一個空間，而那個空間能夠真實地帶出自己在看完《貓劍客》後想分享的部分。

合作藝術家簡介——

宋立 臉書：宋先生

簡介：

二〇二〇年「迷你好迷你—夏日小品藝術展」聯展／一諾藝術 INNO ART，新竹

二〇二〇年 臺中藝博／日月千禧酒店

二〇二〇年「非人．類個體」聯展／新藝藝術中心，臺中

二〇二〇年「栩栩」聯展／迪化半日，臺北

二〇一九年「宋先生與美玲小姐」聯展／帶筆畫廊，新竹

二〇一九年「普魯士藍」個展／菜市場 Vegan project，臺中

二〇一八年「十藝時器」聯展／天母高島屋，臺北

二〇一八年「火旺」南藝陶瓷二十週年聯展第二檔／郭木生文教基金會美術中心，臺北

學歷：

二〇一六年 畢業於臺南藝術大學 應用藝術研究所

二〇一二年 畢業於臺南藝術大學 材質創作與設計系

創作方式：

陶瓷雕塑

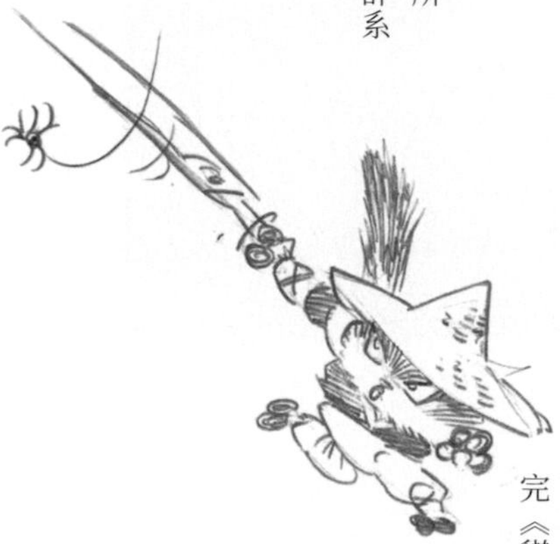

《貓神降臨》藝術家合作

袁笙×貓劍客

名稱：海藻貓魚
尺寸 5.5×25.5×4.5（cm）
媒材：紙雕／金色顏料

藝術家答客問——

Q：對《貓劍客》的印象是什麼？

A：很帥氣且瀟灑的貓咪劍客，一開始是被葉老師常用的水墨風格所吸引，老師透過毛筆筆觸將貓劍客描繪得非常生動、耐人尋味。其中充滿東洋風的各式角色人物、背景故事，搭配水墨表現，非常有特色且吻合東方的神祕色彩。

Q：這次合作的創作主題為何？為什麼要選擇這個主題？

A：之前曾創作出一系列金墨紙雕魚的作品《海藻花魚》，因此這次想用「魚」這個元素與貓劍客做結合，於是就以貓劍客正在帥氣地釣著魚的情境畫面，作為本次合作創作的主軸。其中有打過幾次不同構圖的稿，而最終選定以一個，作品可以平放也可以掛起來的形式呈現。

Q：合作中最大的挑戰是什麼？或者有發生任何有趣的事情嗎？

合作藝術家簡介

袁笙

IG：sheng120art、sheng120

簡介：

畢業於臺灣藝術大學多媒體系，現為自由工作者，主要為插畫等相關，而創作上有著各種不同樣貌及格式。時常藉由畫人體速寫來鑽研、探索各式媒材的運用及搭配，進而把一些心得融入結合在繪畫創作上，持續嘗試開發不同可能。近期則延伸出一系列以金墨去結合花和魚的主題系列紙雕《海藻花魚》。

展覽：

二〇二〇年「貓神降臨」—貓劍客葉羽桐個展—紙雕邀請展

二〇一九年「LikStudios MEETUP 演講分享會」—創作歷程實驗發展與拼湊媒材組合風格

二〇一九年「Twenty-Four Seven - 新銳插畫家聯展 × 誠品敦南似顏繪」—誠品聯展

二〇一九年「拼湊景色-塊狀回憶」—四人聯展

二〇一八年「Life Drawing Exhibition：週末晚上的裸體素描展」—SAALAB 團體聯展

二〇一八年「老城新桃園」—二十二個地點與二十一位藝術家聯展

二〇一八年「A4 無題創作聯展」—Sketch & Life 社團聯展

二〇一八年「裸『睡、碎』」—個人展覽

二〇一七年「肉骨茶人體速寫展」—肉骨茶團體聯展

創作方式：

以金墨運用沾水筆畫在黑紙上再以紙雕鏤空的方式去呈現。

A：製作這件作品的時間有限，因此思考重點在於如何用有趣且有效的方式來呈現。一開始因為有時間壓力不想用得太複雜，本來只要做單一兩層的鏤空紙雕去結合，但是後來在分層的時候，突然想到，如果結合燈箱發光的效果會不會更好？在時間所剩無多的情況下可說是自找麻煩，雖然猶豫了一下，擔心會趕不及展覽檔期，最後還是冒險找了會做燈箱的朋友幫忙趕工，後來便完成了最終的作品樣貌，以背後發光的燈光效果去凸顯層次感以及作品垂直的深度。

陳立偉 × 貓劍客

合作藝術家簡介

陳立偉 IG：utaka_official

簡介：

這次以個人品牌形式協助製作，其品牌精神理念如下：

UTAKA豊

取用自於日文的「豊」（yutaka），原意就是指富饒的、豐富的、豐收的。會選這個字很直覺，字的性質也是希望可以引導觀眾連想到植物與器具。漢字的外型也像是「器具」，會使用日文除了是參考日本美學「侘び寂び」、「物哀れ」、「幽玄」之外，簡化成「Utaka」「U」代表的就是「你」（you）。

名稱：絕
尺寸：25×30×40（cm）
材質：水泥、蘭花

藝術家答客問——

Q：對《貓劍客》的印象是什麼？

A：其實我跟羽桐算是認識很久的朋友了，只是在藝術創作這個領域，他的身分是職業創作者，而我完全是業餘，這次能被邀請也是因為作品調性很相近，所以情義相挺。

對《貓劍客》最深刻的印象是裡頭有許多取自《山海經》的妖怪，主角到處斬妖除魔。

學經歷：
東吳大學日文系大四在學中
旅日工作兩年回臺灣復學
為二〇二〇新銳藝術家出道

展覽：
二〇二〇年　十二月「貓神降臨」葉羽桐個展擔任花器設計
二〇二〇年　十月「旭日」茗昕藝術聯展
二〇二〇年　十月「既視本」亞典藝術書店聯展

創作方式：
以水泥製作花器。
會選用水泥，是因為水泥的調性很適合表現
「器物經過時間產生的痕跡」。
所有的作品在與「盆栽」的製作是背道而馳的，
並非改變植物外觀而製作盆栽，
是為了「植物」而製作「器具」。
在製作過程的狀態必須介於「有」與「無」之間，
雖說是為了「植物」所製作「器具」，
在塑形過程中要感受流體的變化，
脫模時用敲碎的方式讓它自然產生裂痕。
最終以最適合植物的造型結合。
而經過一段生長時間後，「植物」也會與「器具」
產生「連結」，合而為一。

Q：這次合作的創作主題為何？為什麼要選擇這個主題？

A：其實當時算是滿緊迫的，主題是羽桐給我一段像是臺詞的話做為發想：「花會隨著時間凋零，我留不住任何永恆、任何瞬間，只能用創作記住妳的樣子。我們都會老，愛可能會變質，但我畫出來的妳能保存到永恆。」調性也跟我作品很像，於是我就答應製作了。

Q：合作中最大的挑戰是什麼？或者有發生任何有趣的事情嗎？

A：最大挑戰大概就是時間很緊湊的問題，因為我一件作品其實有兩個（一組）；在有正職工作且一邊上大學的情況下，一週內做出來很有難度，但最後不但做到了，也透過這次經驗也提升了自己的技法，能在過程中進步是一件很棒的事。有這次合作的經驗，之後讓我一週內硬做三十個也不是問題了，當然這又是另一個案子的故事了。

《貓神降臨》藝術家合作

蕭亦連 × 貓劍客

作品名稱：衝羽蘭
尺寸：40×20×15（cm）
材質：樟木／膠彩顏料

藝術家答客問——

Q：對《貓劍客》的印象是什麼？

A：剛開始會知道《貓劍客》是因為我與葉羽桐老師都就讀過同一所高中，所以老師們時常會提到葉羽桐學長的作品，這是我第一次接觸到學長的作品，那時我覺得很猛，怎麼可以用水墨畫漫畫還是以手機瀏覽的形式進行構圖。直到後來才逐漸接觸到鄭問以及井上雄彥的《浪人劍客》，才知道原來《貓劍客》時常會被拿來作比較，但當我看到學長的作品時其實我看不到前兩者的影子，只覺得這就是葉羽桐本人的繪畫風格以及敘事所構成的漫畫。

合作藝術家簡介——

蕭亦連

簡介：

二〇一九年　多摩美術大學校友會三支部合同展（日本橫濱）

二〇一九年　2019彫刻の五七五（日本沖繩）

二〇一九年　「Circle」四大學國際交流美術（泰國清邁）

二〇一九年　巧聖仙師魯班公獎選拔佳作（臺中）

二〇一九年　第二十屆磺溪美展入選（彰化）

二〇一九年　臺中藝術博覽會（臺中）

二〇一九年　one art Taipei 藝術博覽會（臺北）

二〇一九年　反展櫃 Anti-Pedestal 荒原藝術（新北）

學歷：

二〇一九年　大葉大學造形藝術學系

二〇一五年　復興商工美工科

創作方式：

木雕、泥塑、水泥翻模

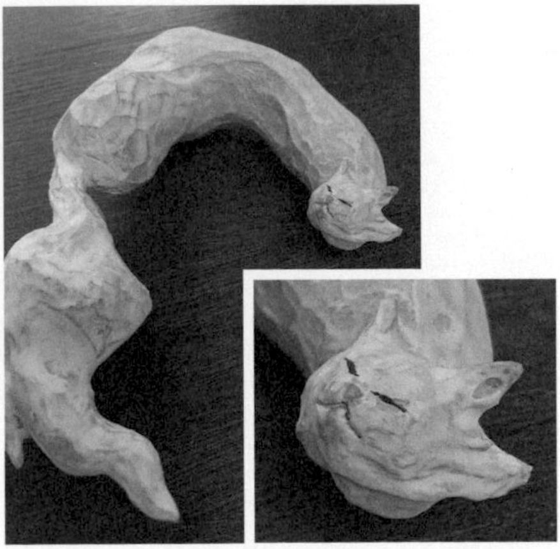

衝羽蘭：胡姬局部。

Q：這次合作的創作主題為何？為什麼要選擇這個主題？

A：這次的創作是做《貓劍客》中的「衝羽蘭」這個角色。為什麼要選擇她主要一部分是因為貓劍客之前有人做過了，所以想著自己好像可以嘗試看看其他的角色，而另一部分是我與葉羽桐老師討論時，感受到學長可能在透過「衝羽蘭」這個角色傳遞他身為創作者的內心所想，也在講述其他創作者共同在思考的問題，所以最後我選擇了做這件作品。

Q：合作中最大的挑戰是什麼？

A：平面轉化成立體本身就是一個不太容易的事情，如何把水墨中寫意的狀態在堅硬的木頭上呈現這對我來說也是一大考驗，再加上衝羽蘭是一個很標緻又有氣質的女人，我該如何將作者在她身上投注的情感也表現在雕塑上也是相當困難，一直很害怕沒有把這件作品做好，直到作品製作完成展出後我還是一樣感到忐忑，希望大家喜歡。

FUN系列082

貓劍客

江戶篇・十二命花魁

作者—葉羽桐
編劇協力—苦苦
書封題字—墨龍、目睨
故事靈感—映耀而出的微光
主編—陳信宏
責任編輯—王瓊苹
責任企畫—吳美瑤
美術設計—FE設計
排版—洪伊珊
贊助單位—文化部

編輯總監—蘇清霖
董事長—趙政岷
出版者—時報文化出版企業股份有限公司
一〇八〇一九臺北市和平西路三段二四〇號三樓
發行專線—（〇二）二三〇六六八四二
讀者服務專線—〇八〇〇二三一七〇五・（〇二）二三〇四七一〇三
讀者服務傳真—（〇二）二三〇四六八五八
郵撥—一九三四四七二四 時報文化出版公司
信箱—一〇八九九臺北華江橋郵局第九九信箱
時報悅讀網—http://www.readingtimes.com.tw
電子郵件信箱—newlife@readingtimes.com.tw
時報出版愛讀者粉絲團—http://www.facebook.com/readingtimes.2
法律顧問—理律法律事務所 陳長文律師、李念祖律師
印刷—華展印刷有限公司
初版一刷—二〇二一年八月十三日
定價—新臺幣三八〇元
（缺頁或破損的書，請寄回更換）

ISBN：9789571386003
Printed in Taiwan